葉 広芩 著

顧 令儀　稲垣智恵 訳

頤和園のネズミ兄さん

（原題『耗子大爺起晩了』）

グローバル科学文化出版

目次

猫がネズミを捕らえるぞ！

昼が長く、夜が短くなったら、ネズミ兄さん寝ぼすけに。
ネズミ兄さん、家に居るの？
ネズミ兄さんはまだ寝てるよ。

昼が長く、夜が短くなったら、ネズミ兄さん寝ぼすけに。
ネズミ兄さん、起きたかい？
ネズミ兄さんは服を着ているとこ。

昼が長く、夜が短くなったら、ネズミ兄さん寝ぼすけに。
ネズミ兄さん、起きたかい？
ネズミ兄さんは口をすすいでいるとこ。

昼が長く、夜が短くなったら、ネズミ兄さん寝ぼすけに。
ネズミ兄さん、起きたかい？

ネズミ兄さんは顔を洗っているとこ。

昼が長く、夜が短くなったら、ネズミ兄さん寝ぼすけに。
ネズミ兄さん、起きたかい？
ネズミ兄さんはお茶を飲んでいるとこ。

昼が長く、夜が短くなったら、ネズミ兄さん寝ぼすけに。
ネズミ兄さん、起きたかい？
ネズミ兄さんはお菓子を食べているとこ。

昼が長く、夜が短くなったら、ネズミ兄さん寝ぼすけに。
ネズミ兄さん、起きたかい？
ネズミ兄さんはご飯を食べているとこ。

昼が長く、夜が短くなったら、ネズミ兄さん寝ぼすけに。
ネズミ兄さん、起きたかい？

ネズミ兄さんは歯をシーシーしてるとこ。

昼が長く、夜が短くなったら、ネズミ兄さん寝ぼすけに。
ネズミ兄さん、起きたかい？
ネズミ兄さんはタバコを吸っているとこ。

昼が長く、夜が短くなったら、ネズミ兄さん寝ぼすけに。
ネズミ兄さん、起きたかい？
ネズミ兄さんは街にでかけるよ！
アーウー

（北京わらべ歌）

ネズミ兄さん

　ネズミ兄さんのしっぽは天井の小さな穴からぶら下がっていて、ビクともしない。まるで細い毛糸のようだ。

　ネズミ兄さんはもう起きていて、穴から出ていこうとするところだ。ネズミ兄さんは、こんな時、いつもまずしっぽを出して、穴から垂らしてみる。おそらく探りをいれてみているのだろう。不思議だ。しっぽには目もないのに、下の様子が、危ないかどうか、どうしてわかるのだろう。

　昨夜脱いだ靴下を丸く巻いて、その細い「毛糸」に向かって投げたら、天井が高すぎて途中で落ちてしまい、私の目に直撃した。

　炕《カン》(1)の上にある私の敷布団のそばには、前から棒がおいてあった。この棒は後山で折って持ってかえった木の枝で、私はこれを「降龍木《シャンロンムー》」と名づけた。「降龍木」は私の宝物だ。以前父

（1）　中国北部によく見られる床暖房設備のこと。

親と吉祥劇場で「轅門斬子《エンモンザンシ》」[1]という京劇を見たことがある。その中で、主人公である穆桂英が勢いよく天門の陣を破った時に使っていた武器こそ、ほかでもなくこの「降龍木」だった。たった一本の棒だけで、どうしてあの強く大勢の軍隊に勝てるのかは、芝居の中ではまったく説明されておらず、私は今になってもわからないのだけれど、とにかくその「降龍木」がすごいということだけは間違いないのだ。私の敷布団のそばにおかれたこの棒も、とうぜんすごいものだった。天井裏のネズミ兄さんはこの棒が伸びてくるのを見ると、いつもそれに沿ってするすると下まで降りてくるのだ。だけど今日はだめだ。私の「降龍木」は昨夜三兄[2]に折られて、捨てられてしまった。「炕は寝る場所なのに、こんなポプラの枝を置いておくなんて、どういうつもりだ?焚火でもして、この家を焼くつもりなのか?」三兄は私をそう咎めた。

　三兄は何を言うにしても、いつも大げさだ。例えば、ドアを閉めるとき、私が少しでも力を入れすぎたら、「ドアのかまちが壊れて落ちてしまうところだった」と言うし、私が部屋で緑釉を塗った盥を使って体を洗う時、三兄に背中を流してもらうと、「擦ったら垢が一キ

（1）京劇のタイトル「軍営門で息子を斬る」。
（2）三番目の兄。

口も出た」と言う。私がうっかりおならをしてしまったら、三兄は手で鼻を煽ぎながら「みんなこの臭いにもんどり打って、爆ぜて一キロは飛んでいくだろう」なんて言う。また、私がなにか悪いことしたら、「二、三日こらしめないと、こいつは屋根に登って、瓦でも取って、家を壊してしまうだろう」と言うのだ。でも、この頤和園の家はどれもとても高くて、私にはそもそも屋根にのぼることだってできないのに、瓦を取ることなんてできるもんか。三兄は、全く考えが足りない。

三兄ったら、あの人の話は全く信用ならない。

彼の口が、私についてよく言ったことは一度もない。

今、天井のネズミはしっぽを縮込めて、頭を出してきた。小さな両目を下へ向けて何やら物色しているようだ。私は言った。

「なんとかして自分で降りてきて。今日はお迎えのはしごはないの」

ネズミ兄さんは頭を縮こめた。私には分かる。どうすればいいか、ゆっくり対策を考えるために帰っていったのだ。

ネズミのことが好きだ。ほかの地域では例外なく、ネズミのことを「老鼠《ラオシュー》」というが、北京だけは違う呼び名で「耗子《ハオズ》」というのだ。「耗子」という呼び名は、その機敏な反応、利口そうな顔付き、親近感や適当に扱われる様子を想像させ、人間味に満ちている。北京の昔からのしきたりでは、ネズミのことを家の神様と見做している。ネズミがいる家は豊かで隆盛を極めると考えられているのだ。あちこち行ったり来たりするこの小さな生き物を、みんな敬っている。私は子年生まれだから、家族のみんなに「耗子《ハオズ》ヤーヤー」(1)と呼ばれている。私の一挙手一投足すべての行動は、どれもネズミにそっくりなんだって。お母さんに言わせると、私は「まだ小さいのに悪巧ばっかり」で、兄たちに言わせると、「いつもこそこそして、よく下らぬことを思いつく」らしい。私は、ネズミの機敏さ、利口さが好きで、ネズミのはしこそうな目が好きだ。ネズミの目は小さいし、私の目も小さい。ネズミはよく両眼をくるくると回すが、私の目もそれに似ていて同じ特徴を持っている。

北京城市内にある家に住んでいた頃、私はとても楽しかった。同じ胡同(2)に住んでいる近所の友だちと約束して、いろんな遊びをした。一緒に思いのままに走ったり遊んだりした。それにゴム跳びも。砂袋投げ、ワク跳び、ケイドロ、ままごと……。「ご飯だよ。帰っておいで」とそれぞれの家の母親たちの叫び声が聞こえるまで、思う存分遊んだ。もっともよく遊んでいたのは、猫がネズミを追いかけるという遊びだ。子供が大勢手に手を取って丸い輪を作り、輪の中と輪の外側に、それぞれ一人ずつ立つ。輪の中にいるのはネズミで、輪の外側にいる

(1)「ねずみ娘」の意味。
(2)北京にある細い路地、横丁。

のは猫だ。みんなで輪の中の「ネズミ」を囲んで歩きながらこう歌う。「昼が長く、夜が短くなったら、ネズミ兄さん寝ぼすけに」すると輪の外側の猫は続いてこう尋ねる。「ネズミ兄さん起きたかい？」

輪の内側にいるネズミは「ネズミ兄さんは今目を開けたとこ」と答える。そしてみんなまた歩きながら同じように歌い、猫も同じように尋ねる。ネズミは「服を着ている」「歯を磨いている」「朝食を食べている」「たばこを吸っている」などなど、とにかく思いつくことを言って、ぐずぐずと引き延ばす。そしてとうとう口実がなくなってしまうと、ネズミは輪を飛び出し、素早く逃げる。猫はそれを急いで追いかける。他のみんなも大声で叫んで加勢する。その賑やかなことと言ったら。

胡同での生活は、あっという間に過ぎていった。毎日、朝起きて、まだ満足に遊ばないうちに、遊び方をいくつも変えないうちに、すぐ日が暮れてしまった。でも、夜には夜のスケジュールがあった。それは、庭に座って趙おじいちゃんのお話を聞くことだ。趙おじいちゃんのお話は私たち周りの人や出来事に関係するものが多い。例えば、唐さんの家のほうきが妖怪になって、お嬢さんに変身して、町で花を買ってきた、という話。花の代金を払ってもらおうと、花売りの人がその家にやって来たら、さっき売った花がみんなほうきに刺さっていたんだって。九番地の家の猫は、夜になると、夜回りの神様を乗せて、威風堂々と各家の屋根の上で見回りしているから昼間はいつも寝ているんだ、という話。それから、黄おばあちゃんの家の庭に大きな蛇がいて、その蛇が黄おばあちゃんの箪笥に卵を産んだので、黄おばあちゃんは塵取りで何十匹という子蛇を寄せ集めて捨ててしまった、という話。語られるお話は、どれも新鮮で不思議、賑やかで面白い。お母さんに「さあ、寝よう、寝よう」と部屋に引っ張り込まれるまで、夢中になって聞きつづけ、聞けば聞くほど興奮して元気になった。

胡同での日々は、何の拘束もなく、思いのままに自由自在だった。世界で一番、そして私の人生でも最高の日々だった。

だけど今は頤和園にやってきてしまった。ここには胡同もないし、一緒に走ったり騒いだりする友達もいない。猫がネズミを追いかけるという遊びも、もう記憶の中のこと、遥か過去のことになってしまって、面白いお話も聞けなくなってしまった。本当にがっかり。寂しいし、つらい。

頤和園北宮門の外には、狭い横道があり、いくつか売店もあって、この辺りではわりと賑やかなところになる。そこに影壁《インビー》(1)がある。この壁の北西側後方に、滷煮火焼《ルージューフオシャオ》(2)を売る王五《ワンウー》

(1) 庭の入り口にある大きな目隠しの壁。
(2) 焼きパンの北京風モツ煮込み。

という人がいた。私がそこに行った時には、王五さんの商売はもう大分すたれてきていて、一日に十数杯しか売れなくなっていた。噂によれば、昔は全然違って、すごく繁盛していたらしい。商売が上手くいかなくなったきっかけは、ネズミの恨みを買ってしまったからだそうだ。商売が繁盛していた頃、王五さんは毎晩店じまいをすると、その日に売り残ったモツ煮込み汁を大きな容器に入れて、鉄の杓子で容器の縁を叩いた。しばらくするとその音を聞きつけたネズミたちが集まってきて、容器の中の売り残りを全部きれいに食べてしまうのだ。毎日、毎日こんな具合だった。王五さんの店はますます流行り、毎日料理を作るのが追いつかないほどだった。頤和園に来る多くの観光客が帰り路につく前に、わざわざ王五さんのところに寄って、滷煮火焼を食べた。店の中は満席になって、路傍にしゃがんで食べる人もいた。王五さんはどんどん儲かって、金持ちになった。そこで商売を大きくし間口を広げようと思い、隣の小さなお寺を改築した。その時に、お寺にあった二体の神様の像をお寺の裏庭に移動して、吹きさらしのまま置いておいた。その後新しい店舗で営業を始めたが、以前と同じように閉店後売れ残ったモツ煮込み汁を容器に入れて縁を叩いてみても、ネズミは一匹も来なかった。いくら容器の縁を叩こうとも、もうネズミは来なくなってしまったのだ。するとだんだんと滷煮火焼の人気も衰えてきて、「スープの中になにやら不潔なものがあった」とか、「モツが十分に洗われていないのだろう」とかなんとか言うものも現れ、とにかく、商売が立ち行かなくなって、ついには閉店せざるを得なくなってしまった。

王五さんが潰れた自分の店の品物を片付けるとき、私は見に行ってきた。大きなまな板は、一元で焼餅《シャオビン》屋(1)の宋さんに売った。包丁と鍋は隣のめし屋さんにあげた。山と積まれた粗末なお碗は、わら縄で縛りあげて、表門の前に置き、必要な人に自由に持って行ってもらうことにする。それから瓶やら缶やらのものは、すべて酒屋の李さんにやった。

私がそこで見ているのに気付くと、王五さんは無造作に鉄の盥をくれた。彼の話によれば、これは馬王爺《マーワンイエ》という神様が足を洗う時に使った盥なのだという。

王五さんは、ふとんの包みを背負ってしょんぼりとバスに乗り、ふるさとへ帰って行った。彼の滷煮火焼の店のことは、ちょっと残念だと思ったけれど、焼餅屋の宋おばあちゃんは、「ネズミ兄さんの恨みを買ったら、神様の恨みを買ったのと同じさ。毎晩、王五さんの店に集まってきて、売れ残りを食ったネズミ兄さんは、みんなお隣のお寺の神様のつかいだったんだよ。ネズミというのは神様のペットなんだからね」と教えてくれた。

宋おばあちゃんの言う通りかもしれない。ネズミたちはもしかしたら、本当に神様のつかいなのかもしれない。私は王五さんからもらった馬王爺の足湯桶を家に持って帰り、得意満面で三兄に見せびらかしたが、三兄は見ようともしないで、庭に捨ててしまった。「はらわ

(1) 小麦粉を練って丸型にして焼いたもので、表面にごまがたくさん撒いてある。

たくさい！」と言って。

そのボロ盥はガランガランと二回転し、庭の捌け口の近くで止まった。

この捌け口は雨水を流すための水路で、じめじめどろしていて、苔の鎧をまとっている。馬王爺の足湯桶を置く場としては、なかなかふさわしい。

こういうことがあってから、私はネズミを改めて見直した。

ネズミ兄さんがいつから親しくしてくれたかは、もう思いだせない。頤和園に来たばかりの時、炕に横になって天井を眺めていたら、隅に小さな穴があることに気づいたけれど、あまり気にしなかった。でもその穴は日に日に少しずつ大きくなってきて、天井裏ではカサコソと音もするし、なにかがこっそりと私を覗いているようにも感じた。私は、これは蛇じゃないかと心配していた。母親から聞いた話だが、古びた家屋には、大体蛇が住んでいて、柱や梁にぐるぐる巻き付いていているらしい。天井から落ちてきたら、きっと人にがぶりと噛みつく。そんなの何より怖い。蛇はネズミの天敵だ。いつか天井から大きな蛇がするりと落ちてきて、大きくて真っ赤な口を開き、「耗子ヤーヤー」の私を丸ごと呑み込んでしまうんじゃないか。この心配事を三兄に言ったら、彼はこう返した。「そんな馬鹿なことばかり考えるな。天井裏にいるのは孤独な子ネズミ一匹だけだ。みんなが留守の時、こっそり出てきて、俺のお菓子を盗み食いするだけさ。相手にするようなもんじゃない。食べ物にお碗をかぶせて、触れないようにしておけばそれで十分さ」

　天井のその穴のことを、ずっと気にしている私を見て、三兄はうんざりしたらしい。ある日、彼はハサミで私の髪の毛を何束か切り、泥と私の髪の毛をこね混ぜて、その穴を塞いだ。「髪の毛は口当たりが悪いから、ネズミは髪の毛が大嫌いだ。髪の毛で塞いだら、ネズミはもう噛まない」と三兄は言った。

　ネズミを天井に閉じ込めて、食べ物も空気もなく、餓死させたり窒息死させたりしようとするなんて、三兄はなんて悪いやつなんだ。

　髪の毛を天井の穴を塞ぐのに使われた私の頭は、まるで犬にかじりとられたように醜くなってしまった。三兄は私の髪の毛を切る時、韮でも刈り取るように一つかみに引っ張り、ジョキン！また引っ張ってジョキン！と無計画で気まぐれにはさみを入れたから、結局わたしの頭は瓜みたいにめちゃくちゃになってしまって、家から出られなくなってしまった。

　天井の穴を塞ぐ髪の毛と泥の混合物が乾いた。しっかりと天井の穴を塞いでいる。それを見るたびに私はぼんやりと考えていた。天井の上のネズミは真っ暗闇の中、頼りになるものも、助けてもらえるものもなく、食べ物もなく、出入り口もなくなった。三兄がしたことは、天井の上のネズミにとっては、途方もない災いだ。もう死は目前だ。私は自分もネズミたちの仲間になった気になり、知らないうちに涙があふれ出てきて止まらなくなった。

ああ、つらすぎる！

時々なにか天井の上で物音がする。朝起きると、細かい塵がよく掛ふとんの上に積もっていることがある。天井の上に封じ込められたネズミたちが例の乾いた混合物と戦っているのだろう。そう、私だってドアも窓もない、真っ暗なところに封じ込められて、食べるものも飲むものももらえなかったら、必死に戦うほかない。逃げ出さなきゃ！

ある日の朝、何かが私の掛ふとんに落ちてきた。飛び起きて見たら、灰色で冴えないものが、ぴんと私のふとんに寝そべっている。天井の上で諦めずに泥と戦ったあのネズミだ。このネズミはかろうじて、あの硬い泥の塊をかじり壊し、自分の生きる道を切り開いたのだ。なんてすごいちびっこなんだろう！まったくこのネズミには、拍手して歓声を送りたい。

高いところから落ちてきたせいか、それとも腹が減って気絶したせいかわからないが、ネズミは布団の上に突っ伏したまままちっとも動かない。

私は傍にひざまずいて、注意深くこのネズミを見ていた。体はそう大きくないが、しっぽはけっこう長い。毛は灰色だが足の裏はピンク色。口の両側に何本か髭が生えている。お腹がぺこぺこに空いているみたいで、かわいそうだ。髭が生えているなら男だろうし、こんなに長く生えているなら相当年を取っているだろう。私の父親も髭が生えているから。目の前のこのネズミは、本当にネズミ兄さんみたいだ。実は、すべてのネズミには、みんな髭が生えているもので、それは猫と同じで、性別や年齢とは関係ないのだけれど、私は当時まだそれを知らなかったのだ。

その小さなネズミは、両目を半分閉じていて、喘いではいなかった。

私はふと気付いた。私がまじまじとこのネズミを見ている間、このネズミもしげしげ私を見ていた。小さな目玉を半分閉じた瞼のなかに隠して、気絶したふりをしているが、実は全神経を傾けて私のことを念入りに見ているのだ。

二つの目が見つめあう。やあ――

人間を怖がらないネズミが、ネズミを怖がらない人に出会うなんて、ちょうどいい！

これは北宮門外の王五さんのところにいたネズミたちの中の一匹で、神様のつかいでこちらに引っ越してきたに違いない。真心を持って接しなくちゃ。

私は炕から降りて、食器棚へ行くと、中から残っていたご飯を取り出し、ネズミ兄さんの口の辺りに置いた。あまり味はないが、食べ物がなくて飢えさせられるよりはましだろう。けれども、ネズミ兄さんはご飯には一目もくれなかった。ゆっくりと起き上がり、よろよろと炕の縁まで歩いてくると、そこから降りて行ってしまった。

私は三兄に言った。「ネズミが出てきた。すごくきれいなネズミ兄さんだった」

三兄は天井の穴を見て言った。「お前が突いて空けたんだろう」

「なんで私なの？何かあると、すぐに私のしわざって言う」

「ネズミの歯って、すごいんだな」

「本当に大変だったと思うよ。あんなに大きい泥の塊、それに髪の毛も入っていたけど、結局このネズミに齧り壊されちゃった。このネズミ、何も食べていないし、何も飲んでいないのに、こんなのよっぽど強い気持ちがなくっちゃできないよ」私は三兄にこう訴えた。「これは勇敢なネズミで、英雄のネズミで、九死に一生を得たネズミだよ」

「お前、そんなにそいつを好きなんだったら、もう天井の穴を塞げなんて言うなよ。はっきり言っとくぞ。そいつはお前の兄さんだ。俺の兄さんじゃない。チャンスがあれば、俺はこいつを殺すからな」

「できるもんならやってみなよ！」

三兄はネズミのことを侮っている。ネズミは災いで、汚くて、下品で、こせこせしていて、こそ泥ばっかりやっているやつで、だれでもどこでも殺してよいものだと思っているのだ。

私は彼と同じような考えをしてはいけない。フン！三兄は王五さんと同じで、遅かれ早かれ、いつかかならず不運な目に合うにきまっているんだから。

ネズミ兄さんの話をするとなると、三兄の話もしなければならない。

三兄は私の三番目のお兄さんで、私より二十歳年上だ。私たちは、父親が同じだが、母親が違う。つまり三兄のお母さんが亡くなってから、私の実母が後妻として父に嫁いだのだ。伝統的な言い方をすれば、私の実母は三兄の継母で、「後媽《ホウマー》」ともいう。というわけで、私には何人も兄がいるけれど、みんな母が父の後妻として一家にやってくる前から存在しているのだ。兄さんたちは私とかなり年が離れているので、私は彼らの前では駄々をこねてもよく、甘えさせてもらえる。兄さんたちが私をかわいがっていることを私は知っていた。ネズミ兄さんは神様のペットで、私は私の兄さんたちのペットだ。兄さんたちにとって、母は実母ではないが、妹は本当の正真正銘の実の妹だった。父親の血筋で繫がっているのだ。

三兄は頤和園で働いていて、頤和園職員宿舎に住んでいる。具体的に言うと徳和園の東側にある庭付きの平屋だ。この辺りは南北に伸びる長い細道があって、そっくり同じ赤門がいくつも並んでいる。昔どんな人がここに住んでいたか知らないが、ここにある建物は、私にとってはずっと不可解な謎になっている。ここの家屋は非常に凝っている。前後両方にベランダがあって、階段も広くて、窓の格子は真っ赤だ。ここに入ると、私はいつも次々いろんな考えが思い浮かぶ。もしかしたら何人かの清朝美人に会えるかもしれない。彼女たちはしゃなりしゃなりと廊下を歩き、お姉さんのように私に向かって微笑んでくれる。自分は、髪の毛は黄色っぽいし、目は小さくて、出っ歯に立ち耳、美女の要件からはかけ離れているから、ずっと前から美女という存在に夢中だった。こうした美女たちの一員になれたらなあ、なんて思っていた。だけど実のところ、ここで美女になんて出会ったことはない。毎日出入りしているものといえば憎たらしい三兄で、後はめったに会えない二三人のお隣さんだけだ。

中庭の北側は平屋が約七八軒、南に向いて一列に並んでいる。そこには三つの家族が住んでいて、三兄は西の端に住んでいた。大きな部屋が二つあり、その真ん中は「落地罩《ルオディージャオ》」（1）という木製の彫刻壁のようなもので仕切られていた。落地罩は仕切りのようだが、部屋を二つに分け、かつ壁ではなく、透かし彫りされた間仕切り板のようなもので、精緻できれいな図案が彫られていた。平屋ではあるが元々皇宮の建物だから、非常に広く、天井にも花の模様があるのだ。私が眠る炕の柵は北側の壁にはめ込まれており、炕の暖簾を下ろすと、ぴっちりと光が遮られ、日がすっかり昇った頃でも真夜中と変わらない。寝るには最適！

私と三兄との関係はあんまり良好とは言えない。三兄は私のことを気に食わないと思っているし、私も三兄のことが気に入らない。私たち二人はよく張り合っていて、いつもこじれている。私の生家は北京市内の東城にあって、父は美術大学の先生だった。母が私の後にま

（1）中国の伝統的な建築様式に用いられる建具のひとつ。日本の欄間のように透かし彫りされているが、欄間とはことなり、部屋の上部のみならず出入り口を除いた左右にも透かし彫りされている。

た猫のような小さな妹を産んだので、私は頤和園の三兄のところに送られてきたのである。母は乳の足りなさに頭を悩ませ、さらにはその「荃《チュエン》」という名前の小さな妹を、三日と開けず病院に連れて行かなくてはいけないので、いらいらして落ち着くことができないでいた。加えて私もおとなしい子供ではなく問題を起こすので、父は私を三番目の兄のところに行かせれば、母が静かに過ごすことができるのではないかと考えた。三兄は本当は私に構いたくなんてないのだろうが、父の命令には逆らえないし、母に何かいうこともできなかった。

三兄は独身で、何人もいる兄弟の中で一番ハンサムだった。その上料理もすごく上手い。洋食も中華料理も朝飯前だ。けれども、こうした料理を彼は何と言っても作ってくれなかった。私のことを人語を話せる子犬のように扱い、大雑把に管理し、あまり気を払わなかった。三兄は時間になると私を頤和園仁寿殿東南の角にある職員食堂へ行かせ、そこで食事をするように言った。食堂での食事はごく簡素なもので、油っけはなく、いつもマントウ、ジャガイモの千切り炒め、白菜の煮込みといったものだ。調理師さんは私が食堂に入るのをみると、さっとご飯や料理を盛って出してくれる。私に何が食べたいか食べたくないかなんて聞かない。もちろん食堂には肉の炒め物なんかもあるが、それは私の食べ物ではないようだ。それはおそらく三兄が私のために出した食費が少ないせいで、たぶん三兄は「人語を話せる子犬」は肉を食べる必要がないと思っていたのだろう。

三兄は若く、子供を育てるという感覚が身に付いていなかった。私が頤和園内をそこら中飛び回って遊ぶままに任せていた。迷子になって帰れなくなることや、人さらいに誘拐され売り飛ばされることなど、全く心配してなかった。まして私が湖に落ちて溺れ死ぬことなんて言うまでもない。私はよく考えた。もし本当に私が万が一のことがあったら、三兄は両親にどう申し開きするつもりだろうか。この三兄に迷惑をかけてやるために、溺れ死ぬことができればと私は心待ちにしていた。

まあ、あいにくまだ溺死していないんだけれど。

ネズミ兄さんという友達ができてから、私の頤和園での単調な生活にいささか色彩が加わった。ネズミ兄さんは最初から私のことを怖がらなかった。毎日起きるとすぐに天井の穴から出てきて、大きな顔で私の寝ている炕を散歩した。私のことをまったく無視して、相手にもしない。時々、私はわざわざ目を閉じて寝ているふりをする。するとネズミ兄さんは暖かな爪で私に触れてみたりした。その感じと言ったらすごく気持ちがよかった。ネズミ兄さんは私のことが好きで、私もネズミ兄さんが好きだった。

ネズミ兄さんは食いしんぼうで、食い物の好き嫌いがひどく、香ばしい匂いの油濃いものが好きだ。私のペットになってからはいつもおいしいものが食べられるようになったから、半年も経つと、だいぶ丸くなってきて、毛もピカピカツヤツヤになった。

三兄は出勤前、炕の暖簾前に立って、大きな声で叫ぶ。「昼が長く、夜が短くなったら、ネズミ兄さん寝ぼすけに。ネズミ兄さん、起きたかい？」

「ネズミ兄さんはまだ目を開けてないよ！」私は暖簾の向こうから答える。

「ネズミ兄さんが起きたら、北宮門の宋じいさんのところに行って、火焼《フォシャオ》(1)を一つツケで買って食えよ。俺は仕事に行くからな！」暖簾の向こう側から三兄の声がした。

「火焼はやだ。焼餅がいい」

三兄はすごくけちだ。火焼の値段は一つ二分(2)で、大きくて、表面にゴマがついていない。焼餅は一つ三分で、小さいが表面にゴマがついている。三兄はお金を使うのがいやで、私に大きな火焼一つしか食べさせてくれない。きっと小娘なら火焼一つで十分だと思っている。

「わかった、わかった、ネズミ兄さんは焼餅を食え。焼餅を食えばいい」

「二つ食べる！」

三兄は既に家を出ていた。

（1）小麦粉を練って丸型にして焼いたもの。
（2）お金の単位。一分は一元の百分の一。

たった二分のお金だけで私の面倒をみてやろうなんて、私をなんだと思ってるんだか、この三兄は！

三郎兄が出かけた後、私は炕でしばらくゴロゴロしてからやっと布団からできた。私にとっては、横になっているか、起きているかの違いはあまりない。どっちにしても独りぼっちで、一緒に遊んでくれる人は一人もいない。三兄が出勤すると、私と話してくれる人もいなくなり、身の置き所のない退屈とはなにかを存分に体験できるというわけだ。

部屋の中は非常に静かで、外も非常に静かだ。私は素足で炕のへりに座って、昨夜の夢を思い返そうと試みたが、どうしても思い出せなかった。ネズミと関連していたように思う。ネズミ兄さんと彼の親戚たちは昨夜天井裏で大変賑やかに騒いでいた。チューチューチュー、と歌ったりもしていた。旧正月八日はネズミが結婚する日だとお母さんから聞いたことがある。この日は絶対にネズミの結婚の邪魔をしてはいけない。邪魔をしたら、その報復として今後一年間ネズミに煩わされるそうだ。昨日が旧正月八日だったかどうかはわからない。私はぼんやりとはっきりしないまま日々を過ごしていた。どの日も私にとって同じ日で、いつも変わらないのだ。私は毎日旧正月八日で、ネズミ兄さんが毎日結婚して、毎日花婿になって、毎日喜んでいたらいいなあと思う。

明かり障子に日が照り付けていた。窓いっぱいの日差しに、窓いっぱいの樹の影。こんなに大きな窓なのに、ガラスは取り付けられていない。きっと昔故宮の窓は全部ガラスではなくて障子だったんじゃないだろうか。ガラスは後になって外国からやって来た貴重な舶来品だったから、皇帝や皇太后の部屋にしか使えなかったのかもしれない。

お出迎えの棒はなくなったが、ネズミ兄さんは天井の穴から出てくると、器用にもそばにある木の柱に沿って降りてきた。そうして私の掛布団の上にたどり着くと、すぐに私の枕の辺りにやって来た。そこにはいつもお菓子のくずがあるのだ。私は毎晩寝る前に、横になってお菓子を食べる習慣がある。そのためお母さんにさんざん叱られた。「虫歯になっている歯がもう四本もあるよ。注意しないと、これからご飯も食べられなくなるよ」。そんなの私にはどうでもいいことだ。頤和園での生活はお母さんの管轄外だし、それに私だけじゃなく、三兄も食べる。三兄は横になって、お酒を飲んで「小肚《シアオドゥー》」(1)をかじるくらいだから。私はまだそれほどにはなっていない。

まだ完全にめざめておらず、ぼんやりしていたけれど、今朝は焼餅を二つ食べられるという契約を思い出し、ばさばさの髪のまま北宮門外にある宋さんの焼餅屋へやって来た。焼餅屋の壁に掛かっている半分針が折れた時計はもう十時を指している。宋おばあちゃんは私の

---

(1) 豚の膀胱の中に豚肉・でんぷんなどを詰めて蒸した食品。

様子を見て、「また寝坊したんだね？」と声をかけた。

「うん」と私はうなずいた。

宋おばあちゃんは言った。「今朝ネズミ兄さんは起こしてくれなかったのかい？」

「ネズミ兄さんはゆうべ結婚式だったから、私よりもお寝坊さんなの」

「耗子ヤーヤーの家のネズミ兄さんは今月もう何回結婚したのかね？」

私は言った。「私、今日は二つ焼餅を食べるわ」

宋おじいちゃんが横から言った。「もうお昼だろう。焼餅も火焼も全部売り切れだ」

「えっ？じゃあどうしよう？なんとかしてちょうだいな」

「麺台に螺絲転《ルオスージュワン》(1)がまだ一つ残ってる。ちょっと温めてあげるから、それでいいかい？」

だめな訳が無い。螺絲転は、焼餅や火焼よりずっと美味しいもので、普通の焼餅屋ではこれが売っていない。だって、作るのは非常に手間も時間もかかるもの。山椒塩をつけた面を巻いて渦巻きの形にして、吊炉《ディアオルー》で焼いて(2)から、炭火で焙って作るもので、サクサクで香ばしい。今言ったのは宋おじいちゃんが自分のために作ったのだ。

(1) 細く何層にも渦を巻いたパン。古くからある北京の軽食。
(2) 「吊炉で焼く」とは、窯の下で、その熱を用いて押し焼きすること。

宋おじいちゃんは五十代で、体はがっちりしていて、余計な肉は全くついていない。焼餅屋というよりは武術のコーチみたいだ。宋おじいちゃんの父親は「八旗護軍営」の「護軍」だったそうだ。「護軍」というのはなにかと尋ねたら、宋おじいちゃんは「皇帝の警備員だ。皇帝様が外出の時、前を走って警備を担当する仕事さ」と説明してくれた。宋おばあちゃんが横から補足した。「皇帝様のガードマンと言っても、側近じゃない、外の外側だよ。この人は皇帝様を見たこともない」

宋おばあちゃんは、白い肌に慈悲深い顔つきで、ぽっちゃりと太っている。年齢は、宋おじいちゃんよりいくつか年上で、ごま白髪の髷を頭のてっぺんに結っている。私のお母さんの、頭の後方にある元宝髻とは違う。お正月やお祭りの時、あるいはなにかおめでたい日、お母さんは髻に赤い造花を挿すけれど、宋おばあちゃんは頭のてっぺんの髷に一本のお箸を挿しているだけだ。一本のお箸を挿すことは焼餅屋という宋おばあちゃんの身分とぴったり合っていると思う。この考えをお父さんに言ったら、お父さんはこう答えた。「それは典型的な旗人《チーレン》(1)のヘアスタイルだ。旗人の女性はみんな頭のてっぺんで髷を結うんだ。『両把頭《リアンバートウ》(2)』

(1) 清代の中国で八旗という身分制度に属し、士族として特殊な身分をもっていた人々。特に満州族を指すこともある。

(2) 清代中国における満洲族の女性の髪形である。頭髪を額中央から左右に分けることからこの名がある。

にするための結い方だ」辛亥革命後、満州族の服装が変わりチャイナドレスとなった。それと同時にもたついてゆらゆら揺れる「両把頭」も自然と改められたのだという。

「お母さんはどうして頭のてっぺんで髷を結わないの?」と私は聞いた。

「お母さんは漢民族の人だから」と父が教えてくれた。

私は三兄に聞いた。「私は何族?」

「お前は雑種だ。満州族と漢民族との雑種」

「雑種」も悪くない。だってお菓子屋の混ぜ合わせの「雑拌《ザーバン》」は素晴らしいものだ。冬瓜の砂糖漬けもあればドライフルーツもあって、干しサンザシ一種類だけよりはるかにおいしい。

宋おばあちゃんに聞いてみると、彼女は確かに満州族だった。「鑲藍旗」所属で、家は頤和園近くの藍旗営にあるという。

宋おばあちゃんは切り紙細工がとても上手い。彼女が作った「ネズミの嫁取」という切り紙は私の一番好きなものだ。「ネズミの嫁取」という切り紙は焼餅屋の東の壁に貼ってあり、非常に鮮やかで目を惹いた。たくさんのネズミが歌ったり踊ったりして、ラッパを吹くものも居れば、太鼓を敲くものもいる。新婦は頭に赤い花を刺して籠に乗り、帽子を斜めにかぶった二匹のネズミがその籠を担いでいる。新郎は大きな馬に乗って胸に紅絹の襟巻きをなびかせている……楽しい花嫁行列だ。

このネズミの花嫁行列の切り紙が、焼餅屋のもっとも目立つ壁に貼られているのは、宋おばあちゃんが王五さんの滷煮火焼の教訓を生かしたからだろう。こうしてネズミ兄さんたちに好意を示し、焼餅屋がおおいに繁盛し、儲かるよう、ネズミ兄さんたちが守り立ててくれることを祈願しているのだ。

宋おじいちゃんの焼餅屋は前後に二つ部屋があり、外側の部屋が店舗だった。中には大きな麺台があって、部屋の半分くらいを占めている。そのそばに焼餅を焼く吊炉がある。焼餅を焼くとき、宋おじいちゃんは麺台の上で棗の木の麺棒を使って焼餅の生地を伸ばしながら、まるで太鼓を打ち鳴らすように軽快なリズムで叩く。そのリズム、そして濃厚な胡麻の香り、どれもが周囲にこう告げている。「焼きたての焼餅が出来たよ！」

通常午前中十時までに焼餅屋の焼餅は売り切れ、閉店する。店じまいをする時、宋おじいちゃんは軒下に立てた戸板を一枚一枚並べ、順番に戸のかまちの上下にあるレールにはめ込んでいく。順番を間違えると、隙間をしっかり閉じることができなくなる。だから戸板には黒いワニスではっきりと「一、二、三、四……」と書いてある。九枚の戸板が全部きっちり閉じれば、焼餅屋は隙間のない小屋になる。外から見ても、それが焼餅屋だとは全く分からない。宋さんたちは、普段は七枚だけ閉めて、残り二枚のところは出入口にしている。この状態だと、もう焼餅は売り切れという意味。九枚の戸板が全部閉まったら、宋の老夫婦は休んでいるか、寝ているということになる。

奥の部屋は老夫婦の寝室になっている。東側にはあまり大きくない炕があり、炕の端には腰かけが置かれている。そしてその上に銅の洗面器があり、壁にはぽっちゃりした女の子が灯籠を持っている年画《ニエンホワ》(1)が貼られている。部屋の西側には幾つか小麦粉袋が置いてあった。彼らの部屋は、余計な飾り物もなく、きちんと片付けられている。

宋おじいちゃんの家で、私が最も気に入っているのは壁に掛けられてある牛の筋(2)だ。この牛の筋の両端にはそれぞれ輪がある。宋おじいちゃんの話によれば、この牛の筋は彼のお父さんのもので、本来は弓の弦で、両端の輪は弓の両端につけるものだという。なぜこの牛の筋が好きかというと、弾力があって、しっかりしていて丈夫だからだ。「八旗護軍営」の「護軍」に何千何万回も引っ張られて、何千何万の矢がここから射られたのだろう。半透明で、これを通して太陽光線を透かし見ると、とても神秘的で、魅力的なのだ。私はこれを私の縄跳びの縄として使ったことがあった。重さも長さもちょうど良くて、振り回すとビュウビュウと

(1) 正月飾り絵。
(2) 長い牛の靭帯。

音が鳴り、耳元でヒュウヒュウ風が吹く。

私が焼餅屋でこの牛の筋を撫でながら螺絲転を食べていると、宋おばあちゃんは私を引き寄せ、髪をとかして編んでくれた。私の髪の毛は細くて柔らかいので、宋おばあちゃんは水で私の髪の毛を湿らせてから梳かしていくしかなかった。宋おばあちゃんは私の髪を梳かしながら言った。「まったく三兄ったら！ヤーヤーちゃんの世話はどうなっているんだか。ヤーヤーちゃんの髪がもう固まって板みたいになってるじゃないか。……かわいそうな私のお嬢ちゃん……」。そう言ううちに、宋おばあちゃんは泣きだし、涙がぱらぱらと私の頭に落ちた。私は、動くこともできず黙っていた。昔宋おばあちゃんには娘さんがいたが、まだ幼いうちに病気で亡くしていた。私を見て、亡くなった娘さんのことを思い出したのだと私は知っていた。

宋おばあちゃんは私の髪を結ぶと、さらに顔を洗い、丹念にお化粧してくれた。最後に娘さんの頬紅を使って、私の顔に紅を二か所さし、私を亡くなった娘さんのように着飾ってくれた。そして「頬紅をさすと、あの世へ行ったお姉ちゃんとそっくりだ。特に螺絲転を齧る時なんか、全く瓜二つだよ」と言った。私はこういう言い方にはちょっと納得できないけれど、黙っておくことしかできなかった。宋おじいちゃんは、自分の娘があの世へ行ったのは、ちょうど私の今ごろの年で、もし生きていたらもう駕籠に乗って花嫁にいく年齢だと私に教えてくれた。宋おばあちゃんは嘆いた。「本当はちゃんとしたおばあちゃんになりたかったんだけどねえ、こんな運命だなんてねえ」

宋おじいちゃんは言った。「あの螺絲転を食わなければ、死ぬなんてことはなかったんだ。腸チフスになった者の腸は紙みたいに薄くなるなんて、誰も想像できないさ……」

この老夫婦の話から、私は腸チフスというのはとても怖い病気だと知った。この病気になったら腸は紙みたいに薄くなり、破れやすくなる。そして万一破れたら、お腹の中にあるものが滅茶苦茶になって、もう助からない。幸い、私の腸は分厚く、螺絲転が中でぴんと立っても破れることはない。三兄に、私の胃腸はすごく丈夫で、鉄を食べても消化できるといわれたことがある。私は自分がしっかりした丈夫な腸を持っていることを誇らしく思う。

老夫婦を慰めようと思っていたが、何を言ってよいかわからなかった。要は私には、亡くなった娘さんを生き返らせる方法がないからだ。私は、宋夫婦はあの窯のそばの壁に掛かった帳面に私への掛け売りをつけたことなど一度もないことを知っていた。私が来ると彼らの心を悲しませるだけなのだ。毎回帰る時、宋おばあちゃんは目を真っ赤にして私の肩を抱きしめて言う。「……ヤーヤーちゃん、また来てね」

また来ることは間違いないのだ。頤和園のこの辺りでは、北宮門の周辺だけにまだ人情味のある俗世間の雰囲気があって、なかなか得難い心温まるものを得ることができる。ここ以外は、至る所冷ややかなものだ。

ある日の夕方、三兄はかんしゃくを起こした。どんぶりをかぶせておいた醤油煮込みの牛肉がネズミに齧られたらしい。三兄は乱暴にその牛肉を机に放りだし、天井に向けて怒鳴りつけた。「泥棒ネズミめ！俺の食いものを盗みやがって！もう生きているのが嫌になったか？いつかぶっ殺すぞ！」

齧られてめちゃくちゃになった醤油煮込みの牛肉を見て、私は息を潜めた。特に三兄の激怒した様子を見ると、私は怖くて、どうしてよいか分からなくなってきた。この牛肉は、父が私たちに会いに頤和園に来た時、三兄のためにわざわざ前門の月盛斎《ユエションジャイ》で買ってきたものだった。その時、父は肉を机に置き、三兄に「これから寒くなるから、寒気払いの酒の肴にしてくれ」と言ったが、ヤーヤーのことには全く触れなかった。それで、醤油煮込みの牛肉は三兄に独り占めされてしまった。毎日三兄がこれを食べる時、私はわざと近づいていって、ほんの少しでももらえないかと期待していた。だって醤油煮込みの牛肉の匂いが包みの中からぷんぷんと溢れ出し、涎が出るほどだったのだから。月盛斎は北京の百年の老舗で、醤油煮込み牛肉と醤油煮込み羊肉がそこの看板商品だった。その煮込み用のスープは、もう何百年も、皇帝がいた時代からずっとぐつぐつ煮込まれているらしい。父が持ってきたその醤油煮込みの牛肉は、三兄も食べるのを惜んで、どうしても食べたい時だけ、小さく切って味わう。もしその時彼の機嫌がよければ、犬にやるような顔で、薄っぺらな一、二きれをくれる場合もある。機嫌がよくなければ、傍らで肉を目で追いかける私の存在を、わざと無視していた。私がそんな目をしていても、三兄は気ままに食べることができる。兄だというのに、よくもまあそんなことができるものだ！

お肉を食べ、お猪口の底のお酒を一気に口に注ぎ込むと、三兄は口を拭って言う。「これは大人の食べ物だ、ヤーヤーは子供だから、まだ味がわからないよ。何年か経ったら、三兄と一緒に食べられるようになるから」

「『何年か』って、いったい何年？」

三兄は食器棚のてっぺんを指して、「その高さになったらな」と答えた。

デタラメなことばっかり！その食器棚はかなり高く、ほとんど天井にくっつくほどだ。三兄が帽子をかぶっても、食器棚のてっぺんまでまだけっこうな距離がある。お肉をくれないならそれでいい。旨い汁を吸った上にまだ偉ぶっている、どこにこんな兄がいる！

心の中では不満を感じても、私は上手いやり方を知っていて、三兄の空っぽになったお猪口を見るとこう言った。「三兄！私、明日北宮門へ行って、お酒を買ってくる！」

三兄は酔って呂律も怪しく言った。「北宮門の李さんところのあんなサツマイモ酒、月盛斎の肉に釣り合うわけがない！ヤーヤー、お前の兄さんが今飲んでいる酒はなにか知ってるか？山西省杏花村《シンホワツン》(1)の竹葉青《ジューイエチン》(2)だぞ……」

のぞいてみると、瓶に残っているお酒はやや浅い緑色で、爽やかな甘い匂いがした。

三兄は鉢の中の残ったお肉にお碗を被せ、高い食器棚のてっぺんに置いた。誰を警戒しているのかわかる。このぐらいの小細工は見抜くことができる。私がその気になれば、狙いから逃れることができる食べ物なんてないんだから。

朝、ネズミ兄さんはいつものように遅く起きた。

だけど、私は遅くなかった。

三兄が出勤した途端、私は机に登って、食器棚のてっぺんに手を伸ばし、お肉を取り、思う存分何口か齧った。私のお腹の中の食いしん坊な虫たちが興奮のあまりもんどり打つようだった。おいしい！ついでに机の上にある竹葉青を取ると、瓶のふたをこじ開けて、一口ごくりと飲んだ。ごほんごほんと噎せ返ってしまった。多少は甘味があるが、それよりも辛みと苦みが強くてたまらない。この一口のお酒はお肉のうま味の邪魔をした。私は机から降り、

(1) 地名。
(2) 酒の名前。

酒と肉の匂いがするゲップをしながら、ふらふらと北宮門外の焼餅屋に行った。

宋おじいちゃんに「今朝何を食べた？」と尋ねられた。「醤油煮込み牛肉」と私は答え、またすぐに「月盛斎の」と補足した。

「醤油煮込み牛肉とごまの焼餅は最高の組み合わせだ。今日はいくつかごま焼餅を包んで持って帰って、三兄の晩御飯にしておくれ」と宋おじいちゃんが言った。

宋おばあちゃんが小声でこっそり尋ねた。「ネズミちゃん、お酒を飲んだね？」

「うん」

「お兄さんのを盗んだんだろう」と、宋おじいちゃんが言った。

「そんなに大げさなもんじゃないだろう。盗み食いをしないネズミちゃんはいないよねぇ」と、宋おばあちゃんは言った。

それで、三兄が退勤後雷みたいに激怒したというわけだ。三兄はネズミ兄さんに当たり散らしたが、私はなにも言う勇気がなかった。当然天井の上にいるネズミ兄さんも静かで、何の反応もなかった。ネズミ兄さんは不当な扱いを受けて、きっとやりきれない気持ちでいっぱいだと、私は知っていた。もしこの時私が、事実を述べ、自ら盗み食いの責任を背負えば、ネズミ兄さんはだいぶ楽になるだろう。だが、私はそうはしなかった。私は、気が弱くて、悪い子で、誠実じゃないし、率直じゃない。災いを人に転嫁する卑劣な所がある子だった。

その日、私は早めに横になると、ふとんの中でネズミ兄さんに、何千回も何万回もおわびをした。「ごめんなさい！本当にごめんなさい……」

天井裏はすごく静かだった。もしかしたら、三兄がかんしゃくを起こしたので、ネズミ兄さんは怖くなって逃げてしまったのかもしれない。ネズミ兄さんはきっと心を痛めたのだ。私が信用できない友達だったから。

朝、ネズミ兄さんは、天井の穴から顔を出してこなかった。お昼になっていても気配がなかった。

ネズミ兄さんは寝坊したんじゃなく、怒って私から離れていってしまったんだ。

これは盗み食い、そして嘘をついたことの罰だ。

「うわあああああん」私は布団の中で大声で泣き叫んだ。

三兄は枕元に立って、面倒くさそうに言った。「朝っぱらから何事だよ？大した理由もないのに何を泣いてんだ？煩らわせんなよな！」

私はいっそう声を上げた。

「まだ張りきるか。自分でどうにかしろよ。十二時に食堂に行くんだぞ。俺はもう出勤時間だ、構ってられん」

私は午前中ずっと泣いていた。それはネズミ兄さんを感動させるためだったのだけれど、最後の最後には、すっかり習慣的な発声になってしまい、最初に何で泣き出したか、自分もわからなくなってしまった。

それ以来数日間、私の心は重たく沈み、心の中にずしんと大きな石が落ちてきたように感じていた。ネズミ兄さんのことを繰り返し、繰り返し、懐かしんだ。ネズミ兄さんは私に対して、ずっと率直で誠実だった。食べたければ私の枕元に来て食事し、遊びたければ、天井の穴の入り口で、とんぼ返りをした。私を避けたり、恐れたりせず、私との付き合いを彼の生活の一部分にしていた。それに引き換え私は、たいしたことでもないのに、彼を言いわけにしてしまった。まったく友達甲斐のない人間だ。人間の言葉を話せないネズミをばかにして……

何と言っても、ネズミ兄さんという友達の機嫌を損ねてしまった。ネズミ兄さんは、もう二度と現れない。寂しい頤和園は、これから一段と寂しくなる。ここまで考えると、ネズミ兄さんとの友情の貴重さをいっそう深く感じた。夜、私は頭を布団の中に埋め、またしくしくと泣き出した。

三兄は私の布団を捲って尋ねた。「どうしたんだ?もし自分の家へ帰りたいんなら、すぐにでも休みをとってお前を市内へ送っていってやる。ちっとも悩まずに、すぐにさ」

私は言った。

「私、本当のことを言わなくちゃ」

「なんだ、ヤーヤーも正直に話すことがあるのか？お前が本当のことを言うなんて、珍しい！」

「あのお肉はね、実は、私が齧ったの。ネズミ兄さんとは全然関係ないの。三兄は私の友だちにぬれぎぬを着せちゃったの」私は大声でそう言った。それは天井裏にいるネズミ兄さんに聞かせるためだった。

三兄は返した。「ちっ、お前がやったなんて最初から分かってたさ。肉に残ったあの大きな前歯の跡は、ネズミには絶対に作れないものだからな。それに、被せた碗を開けて肉を食い、食ってからまた碗をしっかり被せておくだなんて、ネズミがそんなことできたとしたら、もう化け物だ！」

「じゃあどうして三兄はネズミ兄さんを怒ったの？」

「ヤーヤーはネズミじゃないか？家ん中じゃお前らは同じようなもんさ！」

「もう私のことを怒ってない？」

三兄は答えた。「もう怒ってないよ」

「なら、ネズミ兄さんに謝ってよ」

「なんでだよ！俺の肉を盗んだ泥棒に謝れなんて、そんな道理が通るわけない！」

「ネズミ兄さんは三兄のお肉を盗んでないよ。なのに三兄がネズミ兄さんを怒鳴ったから、ネズミ兄さんは嫌な思いをしたの」

「お前が先に謝れよ」

「私はもう謝ったでしょ」

「人間がネズミに謝るなんて、どういうロジックだ？」

「だって、ネズミ兄さんは私の友だちだもん。友だちに無実の罪を着せちゃだめなんだよ」

三兄は天井に向けて大きな声で言った。「ネズミ兄さん、ごめんな！」

私は嬉しくて、すぐに気が楽になった。三兄の手を引いて部屋の中を回りながら歌った。「昼が長く、夜が短くなったら、ネズミ兄さん寝ぼすけに」

三兄は尋ねた。「ネズミ兄さん、起きたかい？」

私は答えた。「ネズミ兄さんは散歩に出かけるよ――」

カメ005

だんだんと熱くなってきた。

ちょっとでも動けば、身体中、汗まみれだ。暑いは暑いが、私は相変わらず、毎日北宮門の外まで遊びに行く。北宮門の向かい側にある「四大洲」の廃墟では、熱気がぶわりと立ち上っている。瑠璃瓦が太陽の光でまぶしくきらめくその様子は、まるで太陽がこのぼろぼろの煉瓦や瓦ばかりの廃墟に落ちたみたいだ。なぜ「四大洲」と名付けられたかというと、父の話によれば、この頤和園ができた当初、この辺りは仏教寺院の建築だけだった。東勝神洲、西牛賀洲、南贍部洲、北倶蘆洲という仏教由来の地名に基づいて建てられたのだという。その後一九〇〇年になって八カ国連合軍が北京に入ると、光緒帝と西太后は逃げてしまい、頤和園も静かになってしまった。頤和園は占領され、お寺も壊されてしまった。はじめはイギリスとフランスの連合軍、それから日本軍。焼かれ壊されて、結局は今のようになってしまった。この廃墟には種々様々な建築資材が散在している。色あざやかな瑠璃瓦、半分しか残ってない塀、色々な図柄が彫刻されたがれき、それにキツネ、イタチ、麻色のヘビ……私が探検するには絶好の場所だ。

お父さんは北京市内に帰る時、私を「四大洲」辺りには行かせないようにと、三兄に言いつけた。そのあたりは辺鄙すぎて、お寺が壊されてからの数十年の間に、何度も復旧しようとしたがなかなか直しきれていなかった。父の言いつけを、三兄は耳の側で吹く風のように聞き流してしまった。三兄は恋に落ちていて、東宮門外の医務所の美人女医以外、考えることも覚えておくこともできなくなっていたのだ。だからその日、お父さんが帰っていくと、三兄はすぐ東宮門外の医務所へと出かけて行った。私?私はもちろん「四大洲」の廃墟へ行った。

「四大洲」は私の楽園だ。瓦礫の中には、歯をむき出して口をゆがめている人形もあれば、守衛として働いている金剛力士もある。こうしたものたちは昔、仏様の須彌座の部品だったのだろう。それから、日光を浴びて熱くなった欠けた瑠璃瓦の屋根飾りの動物像や、頭や顔の壊れてしまった小さな仏像もある。こうしたものに、私は驚き喜びを感じた。私が最も注意して探したのはコメツキムシだ。「四大洲」のコメツキムシは、大きくて硬い。手に取ると、その虫は頭を力いっぱい私の爪に打ち付ける。手の指もこれで痒くなる。「もういい。やめて、やめて!」と言っても、全く聞き入れてくれない。

頭上でセミが「フーティエン、フーティエン」（伏天《フーティエン》）(1)と乾いた音を立てて、鳴き続けている。つい数日前、彼らの鳴き声はこんな風じゃなかった。単純に「チーチー」と鳴くだけだった。三伏の時期に入ってから、一斉に「フーティエン、フーティエン」と鳴き出した。さてはセミも季節のことを知っているんじゃないだろうか。

セミの鳴き声について、私は三兄と論議したことがある。三兄は、「チーチー」と鳴くセミと、「フーティエン、フーティエン」と鳴くセミは、違う種類のセミで、「チーチー」と鳴くセミが終わったら、「フーティエン、フーティエン」のセミが鳴き始めるのだと教えてくれた。

「『終わったら』ってどういう意味？」

と私は聞いた。

「つまり『過ぎ去ったら』という意味」

と三兄は答えてくれた。

「『過ぎ去ったら』ってどういう意味？」

と私はまた聞いた。三兄は言った。

「花と同じように、牡丹が萎れて散ったら、芍薬が咲く。『萎れて散る』っていうのが『過

（1）夏の最も暑い時期のことを中国語で「伏天《フーティエン》」といい、この発音が蝉の鳴き声と似ている。

ぎ去ったら』という意味だ」

私はこう返した。

「人間も萎れて散ることがあるよね。例えば同じ胡同の劉おばあちゃんは棺桶に入れられて、東直門の外に埋められちゃって、もう二度と家に帰ることができない。これって萎れて散るってことだよね」

三兄は「そういう理解でいい」と言った。

それから、まだ幼いのに、もう「数伏《シューフー》(1)」という地味な節気を知っているなんて、すごいなと三兄に褒められた。

私は答えた。

「数伏の日を忘れることなんてできるもんか。その日は、三兄がわざわざあんかけラーメンを作ってくれたじゃない。そのあんを作る時に使った、大きな干しエビや、干し忘れ草、干し布海苔は、私が北宮門の外で買ってきたんだよ」

実ははっきり言わなかったことがある。三兄のあんかけラーメンは私のためじゃなくて、あの美人女医さんの前で料理の腕を振って、女医さんの歓心を買うために作ったものだった。

(1) 一年中最も暑い時期に入る日。

私はただそのついでにおこぼれをあずかったにすぎない。私は何だってわかっていた。まだ子供だけど、もうすでにこざかしい知恵を身につけていた。だけど何もかも明かしたら、つまらないいじゃないか。

「ヤーヤーは食べ物に目がないのってことを、もうちょっとで忘れるところだった」

「初伏(1)は餃子、中伏は麵、それに三伏は烙餅《ラオピン》(2)と卵の炒め、これは昔からのしきたりだよ。立春の時には春餅、旧正月は餃子っていうのと同じで、しっかり覚えておかなくっちゃ」

三兄は腰を下ろして私の頬っぺたをつまんだ。

「ほおのお肉がぷくぷくになっちまってるぞ。女の子なのに、間抜けな顔付きになっちまって。天井のネズミ兄さんと同じ先生から教わったからかな。食べることばっかり考えて。俺が教えてやった算数字の１２３４は覚えてるか？」

「もちろん」

「何が『もちろん』だ?もう十何回も教えてやったが、50以上の数はまだしっかり数えることもできないだろう。その代わりに、食べることについては何でもわかる玄人だけど」

「まあ、数を数えることは上手くできないけど、頤和園の中にある漢字はもうたくさん覚

(1) 伏天の期間は「初伏」「中伏」「三伏」にわけられる。
(2) 北京など華北地域の一部で広く食されているフラットブレッドの一種。

えたよ。例えば、徳和園大舞台には『承平豫泰《チョンピンユータイ》』っていう四文字が書いてあって、その上は『慶演昌辰《チンイエンチャンチェン》』の四文字だよ」

本当のことをいうと、このようなめったに使わない漢字は、私のような子供に読めるはずがなかった。それは私がガイドさんから覚えたものだった。私がそこへ遊びに行くと、毎回ガイドさんが観光客に「上は『慶演昌辰』、下は『承平豫泰』」と説明しているのだ。実はその一番下に、まだ四文字があったが、ガイドさんが説明していないから、私も当然読めない。もしかしたらガイドさんも読めなくて、意識的に省略していたのかもしれない。とにかく、私にとっては、それは永遠に失われた四文字となった。

この三兄との会話は、徳和園の中庭で行われていた。私たち二人は大舞台に面していて、背後には頤楽殿の広々としたガラス窓があった。昔のしきたりでは、この辺りに立ってはいけないものだった。舞台の主人である西太后は、よく頤楽殿内の南の炕に座って、ガラスを隔てて芝居を観ていた。多くの人が想像するように、真中の玉座に掛けて観ることはあまりしなかった。玉座の座り心地は決してよいものではなかったからだ。私と三兄の二人の立ち位置は、間違いなく西太后の視線を遮ることになるので、清王朝であれば非常に失礼で、罪になる。だけど今では、頤和園は公園となり、誰でも入られるようになった。皇帝や皇太后たちはもうとっくに「散って」しまい、煙のように跡形もなく消えてしまった。観光客は東宮門の外の切符売り場で切符を買うことができるが、それは入園券で、他に仁寿殿、玉瀾堂、楽寿堂、排雲殿などの宮殿に入りたければ、別のチケットが必要だ。その別売りのチケットは各宮殿のチケットが一枚の紙にひと綴りになっていて、宮殿に入る際には各宮殿の守衛にその宮殿のチケットをもぎってもらう。各宮殿のチケットは三分(1)で、用紙は安っぽいし印刷も粗末で、宮殿ごとにチケットをもぎられていくと、最後の最後は入園者の手の中でくしゃくしゃの紙の塊となってしまった。

私は頤和園内のあっちこっちを、ぶらぶらすることができたが、殿に入ることはできなかった。どの殿に行っても、その中にはものすごく貴重なものが陳列され、飾られていたから、どれかに当たって、それを汚したり壊したりしたら、重大な責任を取らなければならない。この点について三兄はよく知っていたから、私に絶対禁止と言ったのだ。決していい加減にしておかずに。

三兄はこう言い渡した。

「排雲殿の装飾門にある大きな柱はぶつかってもいい、昆明湖畔の銅牛も、知春亭の欄干も大丈夫、それに十七孔橋の石彫刻の獅子もぶつかってもいい」

(1) お金の単位。

「うん。そういうのにぶつかって、壊れるのは私だけだもんね、むこうは壊れない」

「わかっているならそれでいい」

私がよく遊びにいったところは大舞台と後山だ。大舞台は三階建てになっていた。一階の表面には厚い木板が敷かれているが、私がその上で走ったり遊んだりした頃には、木板はもう平坦でなくなっていて、足で踏むとぽんぽんと音がした。上に反っているところもあれば、下に窪んでいるところもある。時々大きな割れ目があって、気を付けないとつまずいて倒れることもあった。舞台中央の後よりのところには移動できる木板があって、その下は大きな井戸だ。一説には井戸の上に立って歌うと音響効果がよいからで、また別の説では劇のストーリーに応じて、噴水の場面が出てきたら、この井戸から水を噴き出すことができるかららしい。舞台の天井も動かすことができるものだ。二階の天井にウインチがあって、俳優が天空から降りる場面、例えば天上の女神が下界に降りるなどの場面で使うのに便利だ。三階は神様の居場所で、孫悟空が天国で大暴れする芝居は三階でやると決まっていた。一階二階三階で同時に上演したら、色とりどりで華やかで、どんなに壮大で素晴らしいことだろう。きっと見どころが多くて見切れないにちがいない。だけど残念ながら私はそれを見られる好運に恵まれていない。

頤和園内では土曜日の夜にイベントがある。頤楽殿北側の労働組合がある中庭でダンスパーティーを開催する。「ボンチャチャ、ボンチャチャ」と大勢の男女が一緒に社交ダンスを踊る。三兄はダンスが大好きで、ダンスパーティーがあればかならず出ると決まっていた。白シャツを着て、髪の毛にポマードを塗りつけて。そのポマードは上海製の『白鳥ブランド』で、鉄箱入りでいい香りがする。ダンスパーティーに参加する女性も多く、私は彼女達を注意深く見たことがある。三兄の彼女は一番きれいだ。彼女はパーマをかけていて、チャイナドレスを着ていて、ダンスをする人の中では指折りの美人だ。土曜日はたまに映画を放映することもある。徳和園頤楽殿の前にスクリーンを掛け、みんな中庭で各自持ってきた小さな腰掛に座って見る。私はここで「小姑賢《シアオグーシエン》」「花木蘭《ホワムーラン》」など芝居の映画を見たことがあるが、何もわからなかったし、歌の文句にも興味を持てなかった。それで、スクリーンの裏に入ったら、拡大された顔やなんかが目の前で揺れ動いて、目がちらちらして大変だった。労働組合の職員たちも大舞台で芸能公演をやることがある。私たちは中庭で小さな腰掛に掛けてそれを観た。何を見たかほとんど忘れてしまったが、唯一覚えているのは、ある十代くらいの男の子が、年寄りのおじいさんの指揮の下で、笙を吹くことだ。その子は力が足りないせいか、吹く度にすぐに腰を下ろしていた。こんなレベルでも舞台に立つなんて、まして頤和園の大舞台に立つなんて勇気があるなあと思っていた。それで三兄に聞いた。あの子が出演できるなら、私も舞台を踏むことができるんじゃないか。

「なにを披露するんだ？」

「京劇『空城の計』の一段落くらいは歌えるよ。ほら、我城楼にて山景色を観る……」

三兄は私の前歯が抜けて、スカスカの口を見ると、すぐさま私を階段へと押しやって言った。

「空気が漏れているぞ、大人しくしてな」

頤和園では、私は、天井の上にいるネズミ兄さんとしゃべる以外、長い長い昼の間はずっと一人でいる。よく一人で排雲殿の装飾門にある大きな柱の下に座って、ぼうっと昆明湖の水を見ている。この時、頭の中ではなにも考えていなくて、全くのからっぽだった。観光客はその辺りを通って、石舫《せきぼう》(1)へ遊びに行くのだが、戻ってきた時にも、行った時と同じ、私がずっとそこにいるのを見ると声をかけてきた。「迷子になったの？」

「ううん、まだ食事の時間になってないから、食堂はまだやっていないの」

すると彼らは言うのだった。「なるほど、公園職員さんの子供か」

時には、牡丹台で庭師さんが牡丹の余計な枝を切るのを見ることもあった。頤和園の牡丹台とは、段々畑状になった牡丹の花畑のことで、その一段一段にはいずれも大きな牡丹が植えてある。三兄の話によれば、政府が頤和園を接収した時、最初は牡丹台が崩れていて、牡

（1）頤和園にある石の船の形の水上建築。

丹も九本しか残ってなかった。だけど今は五十本もある。というか私が五十以上数えられないだけで、実はそれよりもっと多い。牡丹の枝を切る庭師さんはなかなか年配の方で、麦わらの帽子を被っていても白っぽい髭や白い髪の毛が見える。年をとった仙人みたいな感じだ。私は庭師さんのそばにいて、ハサミや、たけの棒や、縄などを手渡しながら、興味深く彼の仕事を見ていた。庭師さんに「おじいちゃんは何の神様？」と聞いてみた。「龍王だ」と庭師さんは答えた。

「龍王はどこに住んでいるの？」

「水の中だよ」

「水の中は面白い？」

「面白いよ」

「どう面白いの？」

「たとえば、水中のお花は季節と関係なく、ずっと咲いているんだ。見たいお花があれば、すぐに見られるよ」

「お花があるんなら、ほかのものもきっとあるよね。バターの揚げ餅はある？糖葫蘆《タンフールー》(1)は？

(1) 中国の菓子。りんご飴のように飴掛けした果物を竹串に刺したものであり、華北地方ではオオサンザシや、山楂を使うことが多い。

糖耳朵《タンアルドゥオ》(1)や豆花《ドウホワ》(2)はある？」

龍王様はしばらく私を見て、「お嬢ちゃんお腹が空いたんだろう」と言った。

牡丹台の西側にある牡丹の葉っぱがちょっと枯れているから、下の井戸から水を汲んでくるよう、龍王様に言われた。牡丹台の下の井戸のことを、私は知っていた。名前は「延年井」と言って、仁寿殿の東北に位置し、井戸の近くには大きな石がある。頤和園の観光客は、この井戸を見逃すことが多かった。彼らはだいたい仁寿殿前の青銅製の「四不像《スーブーシアン》」を見るのが好きだ。実はあれは麒麟だ。龍の頭、シカの角、ブタの鼻、ウマの耳、ウシの蹄、シシの尾を持った「四不像」は人気が高くて、皆よく一緒に写真を撮る。仁寿殿は、昔西太后の誕生日祝いを行ったところで、中には「寿」の字がたくさんあって、長寿の意味を持っている鶴などもいる。それで、その近くにある井戸は「延年井」と名付けられたんだろう。この井戸の底は昆明湖とつながっているそうで、井戸の水量は豊富だ。昆明湖の南には龍王廟があって、そこの龍王様は、暇になるとよく龍宮を離れ、この井戸から出てくる。そして白髭のお爺さんに変身して、頤和園を散歩することがある。入園した観光客は、注意深く見ないと、すぐ側を歩いているお爺さんが龍王様なんて、だれも気がつかないだろう。

(1) 北京のお菓子。揚げた形が人の耳に似ていることから、糖耳朵と呼ばれる。

(2) 豆乳を凝固し、成形したもの。日本の絹豆腐よりも柔軟な食感のゼリー状の食品。

目の前のこの庭師さんはきっと龍王様が変身しているのだと思う。さっき自分は「龍王だ」と言っていたもの！井戸から戻ってきて、また庭師さんを見ると、さっきと何か違う感じがした。私は龍王様に報告した。

「井戸の近くでたくさんの観光客が座って休んでるよ。みんな仁寿殿前の『四不像』を見たところで、菓子パンを食べる人もいた。図柄鮮やかな包装紙で包んであって、ドライフルーツが入ってるパンだよ」

庭師さんは私の話を聞いて、笑いだした。「ヤーヤーは菓子パンにばかり気を取られていたんだね。あそこの麒麟を見なかったのかい？」

「麒麟？そんなの見たって意味ないよ。ぼーっとしていて、吠えることもできないもの！」

「あの麒麟の前足は、二本とも折れたことがあって、今のは、後から繋いだものだから、色も違うんだよ」

「本当？」

「よく見ればわかるさ。景色も花も同じ、細部まで見ないとその良さは分からない」

それから、庭師さんは私に教えてくれた。花が咲く時も枯れて落ちる時も決まった順番があるということ。園内では、寒梅がまだしぼまないうちに、迎春花が咲きはじめる。そして、後湖の桃花、楽寿堂の玉蘭・西府海棠、澄爽斎の雪のような梨の花、諧趣園の蓮の花、昆明湖東岸のしだれ柳……園内の東屋、殿閣楼台はこうした花と、互いに引き立てあっている。これほどの美しい景色は天国へ行っても見ることができないのだ、と。

私は梅の花やら、迎春花やらについては、特に興味がなかった。頭の中ではまだもっぱら麒麟の足に思いを寄せていた。

「麒麟の足はどうして折れたの？」

庭師さんはこう説明した

「龍王がしょっちゅう延年井から出入りしているのを見て、自分も昆明湖へ遊びに行きたくなったんだ。そのついでに水底の様子もちょっと見てみようと思ったんだな。だけど結局井戸の口は小さすぎるし、麒麟の胴体は大きすぎるしで、井戸の口を通れずに、前足をくじいて折ってしまったんだ。麒麟の両足はその場で井戸の底に落ちて、昆明湖に流されて、見つからなくなってしまったんだ……」

私はすぐに走って麒麟の足を見に行った。果たして前の両足は後から繋いだものだった。戻ってくると、庭師さんにとってよくない知らせを報告した。「龍王様の帰り道が詰まっちゃってるよ」

庭師さんは不思議そうに私を見た。

私は「延年井の口に、大きな石のふたが載せられていたの」と説明を付け加えた。

「そうなると水を汲むのは不便になるなあ。偏殿の後まで水道管をつなぐしかないね」

龍王様はきっとわざと私の話の腰を折って、井戸に潜って帰るという話題を避けたんじゃないかと思った。

延年井の口が塞がったせいか、庭師さんは切った枝を憤然と捨てた。

「こんなにきれいな牡丹のつぼみ、どうして切っちゃうの？」

「すべて咲かせるにはいかないんだ。自分が咲こう自分が咲こうと争い合うと、どれもちゃんと咲くことができなくなる。延年井と同じだね、だれでもみんなが降りられるってわけじゃないんだ」

私は深々とため息をついた。

庭師さんは「まだ小娘なのに、もうため息をつくことがあるのかい」と聞いた。

「私の家はね、子供が多いの。お母さんは全員のお世話をすることができないから、私を三兄のところに押しつけたの。最初から、庭師さんが余分なつぼみをカットするように、うちの子供たちもいくつかカットしたら、私も今みたいに、おばあちゃんやおじいちゃん、だれも構ってくれないなんてことにならずに済んだのかも。食事の時間に、自分で食堂に行って、イモ炒めしか食べられない、なんてことにもならなかったと思うわ」

「何を言っているんだい？おじさんは、お嬢ちゃんたちの家の子供が多いなんて三兄から聞いたことはないよ。聞いたのは、非常に良い妹と一緒に暮らしているってことだ。妹はとてもお利口で、心配しなくていい子だって言っていたよ」

私に対して、いつも愛想の一つもない三兄が、他人の前では私を、こんなに高く評価してくれたなんて、思いも寄らなかった。私は心底感動して、思わず目が潤んでしまった。

庭師さんはカットされた枝をくれた。

「持って帰って、花瓶に挿したらすぐ咲くよ。パープルボール、いい品種だ」

……

帰った後、三兄に龍王様が庭師さんに変身したことを話したら、三兄は言った。

「どこが龍王様だ。俺と一緒で、普通の職員だ。そして、お年寄りでもない。まだ五十歳にもなってないぞ」


余計なことを話すのはやめて、私の005について話そう。

まさにこの一年中最も暑い「伏天」の時期に、お父さんが行かせないと言った「四大洲」の石の割れ目の中に、私は005を見つけた。005と名付けたのは、その日の朝、私の住んでいる家の上を飛んでいた飛行機の番号が005だったからだ。頤和園の近くには西郊空港があって、毎日たくさんの飛行機がここからどこかへ飛んでいったり、どこかからここまで飛んできたりする。飛んでくる飛行機はもう着陸しようとしているところだから機体の数字がよく見えるし、場合によっては、パイロットすら見える。飛行機が飛んでくることを、私は非常に注目していて、飛行機の音が聞こえたら、部屋の中で何をしていても、すぐ屋外へ飛び出て、飛び上がったり手を振ったりしてあいさつをする。

本当のことをいうと、こうした飛行機は私の中ではみんな同じもので、違うのはその胴体に書かれている番号だけだ。１２３、４５６、７８９……。今朝の００５は初めて見たものだった。

朝００５号機を見たから、午後見つけたもののことは、いっそ００５と呼べばいいと思った。

「００５、出ておいで、出ておいで！」私はしゃがんで小さな声で呼びかけた。

石の割れ目の中は真っ暗で、カメも真っ黒で、何も見えない。だれど、間違いなくさっきこの中に入って行ったんだ。生き物だ。私にははっきり見えた。

割れ目の中は、何の反応もない。近くで折れた木の枝を拾って、中を突いてみたら、かちかちとした手応えがあった。石しかない。私は立ち上がって周りを見わたした。だれか通りかかる人がいたら、この頑固な００５を何とか取り出すのに手を貸してもらおうと思った。だけど、周りにはだれも居なかった。人どころか、風すらなかった。あったのは頭上にぎらぎらと照りつける太陽と、疲れを知らないセミの鳴き声だけだ。

仕方ない、腕を伸ばして手で引っ張り出すほかない。

石の割れ目は地面に接しているから、私は腹這いにならないと腕を伸ばせない。どうせ服はもう汚れているから、服のことは気にしなくてもいい。今着ているこのウサギさんが大根をかじっている模様のキャミソールは、すでに四日目で、ずっと着替えてない。三兄は洗濯が嫌いで、脱いだ汚れた服は、みんな扉の後に置いてある桶にたまっている。美人女医さんが来る時、私にそれを椅子の下に移すよう言いつける。約二週間ごとに、北宮門外の劉姉ちゃんがその汚れた服を全部持って行って、洗って、ちゃんと畳んで持ってきてくれる。三兄は着替える服がなくなって、どうしても着替えられない時は、オーデコロンを振りかける時もある。そのチャイナドレスを着た美人二人が印刷されて、「双妹牌《シュアンメイパイ》」と書かれているオーデコロンの瓶は、家の高い所に置かれている。兄専用で、私には使わせてくれない。お母さんの言い方を借りれば、三兄は見掛け倒しで、うわべだけが清潔で中身は汚いのだ。でも、私は三兄よりもひどい。私は服も体も汚れているのだ。私の服がすえたにおいを放っても三兄は洗ってくれない。宋おばあちゃんが私をかわいがるのも無理はない。

私は地面に腹ばいになって、力一杯、腕を伸ばしてみた。割れ目の中は、何かわからないものがごちゃごちゃとあって、触れて見るとねばねばしていた。顔を近づけて中の様子を見ると、泥臭い匂いに満ちていた。

「よっ!何してるんだ?」

後ろから声をかけられた。

頭を上げて見ると、北宮門外の酒屋の李さんだった。私は石の割れ目に生き物がいる、なかなか大きな丸い生き物のようだと李さんに言った。

「えらく肝っ玉が太いじゃないか!」

李さんは言った。

「もしヘビだったら、噛まれたら、大変なことになるぞ」

「ヘビじゃない!」

「それなら、ハリネズミ、あるいはイタチかな。ちょっかいを出したら、どっちもすごいぞ。ハリネズミなら人を刺すし、イタチなら悪臭を放つ……」

「なんでもいいから、取り出して。お願い!」

「頤和園の中のものはみんな超能力を持っているから、かかわらない方がいいよ」

「じゃ、私も超能力を持っているってことにならない?」

李さんは黙って私を見て、口をちょっと歪めた。

私は引き続き、腕を石の割れ目に伸ばして、なかの生き物を取ろうとした。自分の忠告を聞かない、頑固な私を見て、李さんは「本当に噛まないようだなあ」と言いながら、彼の長い腕を割れ目に伸ばした。しばらく手探りしていたかと思うと、黒っぽく平べったいものを引っ張り出してきた。

「なにこれ？」と私が聞くと、李さんは答えた。

「カメだな」

カメは大きなどんぶりくらいの大きさをしていた。背中に模様が入っていて、丸い盆のようで、頭も足もない。私は李さんに「カメの頭と足はどこ？」と聞いた。

「みんな硬い殻に縮こまっている。やむを得ない時以外、頭は出てこないさ」

李さんは「これは、スープにしたら、美味しくて栄養たっぷりだ」と言ってカメを持っていこうとした。

「ちょっと!これは私が見つけたんだから!それに００５って名前もつけたの。これはとっくに私の。あなたは引っ張り出してくれただけじゃない」

李さんのこのやり方に私は反感を抱いた。尊敬に値しないから、彼に対しての話し方も次第に「您《ニン》（あなた様）」ではなく砕けた「你《ニー》（あなた）」を使うようになっていた(1)。北京の子

(1) 中国語の二人称には「您《ニン》」と「你《ニー》」があり、「您」は一般的に「你」より丁寧、あるいは距離を保った呼称とされる。

供は「您」と「你」の使い分けについて自然と身につけているし、また敏感でもある。誰から教わったわけでもないのに、いつどちらを使えばいいのか分かっているのだ。

李さんは言った。

「ヤーヤーには、カメは何の役にも立たないだろ。においを嗅いでみな、めちゃくちゃ臭いだろう。もう死んでいるぞ」

「違う！さっき、ここを這っていたのを、この目で見たんだから」

李さんはカメを持ち上げ、一生懸命に殻の中を見て、「本当に死んでる」と再度確認した。

「死んだとしても、私の物は私の物！子供をいじめちゃだめなんだから！」

「いや、いじめてはいないだろ！そんな言い方、もし三兄の耳に届いたら、俺が何をしたかと思われる！あのなあ、石の割れ目には水が一滴もないんだから、生きていても、この瓦礫の中では数日も持たないよ」

李さんの手から005を奪い取ったが、それは意外に重く、しっかり抱えることができずに落してしまった。カメは背中から落ち、地面の上で何回か回転したが、やはり何も動きがなかった。私はもう李さんとくだらない言い争いをしたくなくて、005を抱いてその場を立ち去った。李さんは半分倒れた塀の後ろから頭を出して声を上げた。

「本当にくれないのか？鳳仙花をやるから交換してくれよ。鳳仙花は爪を赤く染めることができるぞ！」

李さんの鳳仙花なんか興味がない。というより、この人の言っていることは、信用できない。去年、お正月の赤ちょうちんをくれると言ってきたが、もう清明も過ぎたというのに、赤ちょうちんはその影すら見当たらない。そのことが私は気になって気になってどうしても忘れられなかった。三兄に話したら、三兄はこう言った。

「くれなくてよかった。くれたら困る。正月にヤーヤーに赤ちょうちんをやる資格は、だれでも持ってるってわけじゃないんだ。お母さんの弟だけがそういう資格を持ってるんだ。李さんはお母さんの弟じゃないだろ、赤ちょうちんのために李さんを叔父と認めるつもりなのか？」

「酒屋の叔父さんはいやだ！豚のスネ肉の味噌煮を売る叔父さんならいいけど。焼餅に肉の味噌煮を挟んで一緒に食べたら……う～ん、ジューシー！」

今回李さんは、カメを得られないと知って、私に言った。

「かまれないように気を付けろよ！歯はないけど、そいつはかんだら放さないぞ。そいつの気性はヤーヤーと似たようなもんだ」

「あなたこそ、カメと似たようなもんよ」

「ちっ、女の子は男をそういうふうに言っちゃいけない！下品だ」

私は李さんをじっと睨んだ。彼はまた言った。「一つ秘密を教えてやるよ。もしカメにかまれたら、その口を緩ませる方法がある。ロバの鳴き声を真似すれば……」

もう李さんを相手にせず、私は道を変えて山を下りる大道までやってきた。随分降りてきたというのに、上からまた李さんの声が聞こえた。

「そのカメ、三兄がスープにしたら、俺にも一杯分けてくれ！獲物は人に会ったら山分けするもんだ、そういうしきたりだろ」

李さんのカメに対する望みは徹底的に潰えたみたいだ。

私はカメ005を抱いて、後山に沿って急ぎ足で歩いた。

周りにはたくさん草が生えていて、黄色や赤の花もきらびやかに咲いている。こうした花は春に庭師さんが植えたもので、その時はまだ全然暑くなかった。今はもうすっかり一年中で一番暑い「伏天」の時期だ。山道には角煉瓦が敷いてあって、道の両側は小石で縁取りされ、その上にいろいろな花模様が小石で組まれている。時間があればゆっくり鑑賞する値打ちがあるが、今日はそんな暇はない。

私は危篤状態の005に救命措置を施すために帰宅を急いだ。

「赤城霞起」「紫氣東来」の関を避け、近道を選んでまっすぐ帰った。抱いた005は生きている気配が全くなくて、もしかしたら本当に死んでしまったのかもしれない。家に着くと、扉を蹴り開け、005を階段に置いた。一刻の猶予もない。私は洗面器をさっと取って、外の狭い道に走って行った。この狭い道には井戸があった。昔の皇宮の古井戸だ。今は、住民の飲み水の便を図って井戸口に動力ポンプが取り付られていた。必要な時、各自バケツを持ってきて、ぐいぐいとポンプを押して水を汲むのだ。この井戸の水は冷たくて甘い。西方にある玉泉山の水と同じ水脈のものだそうだ。玉泉山の水は美味しく、清王朝の時代には、皇帝の飲み水だった。毎日紫禁城の北、神武門から玉泉山まで木製の給水車が往復して水を運んでいたのだという。

今、その玉泉山と同じ水脈の水が、005を浸す水にされていた。

これでやっとカメ005がとても大きいということが分かった。洗面器では005を浸しきれない。私はそこで王五さんがくれた大きな盥を思い出した。捜してみたら当時捨てたところにそのまま置かれていて、黄色い錆がいっぱいついていた。私はそれを井戸の辺りに運び、水で洗い流した。だけど、だめだ、いくら水を入れても、水を溜めることができない。よく見たら、底に穴があいていて、そこから水が漏れてしまっていた。仕方ない、三兄が海《ハイ》淀《ディエン》(1)で買ってくれたふろおけ——緑色の釉薬を塗った鉢にしよう。あの鉢は、私が入ることができるんだから、当然、カメ005を浸からせることができるだろう。

(1) 北京市内の地名。

００５は水に入れられても、縮こまっていて動こうともしなかった。私の面目丸つぶれだ。三兄が退勤して帰ってきた。００５を見ると言った。「こいつを風呂に入れた？じゃあ、ヤーヤーの風呂はどうするんだ」

「その時は、カメを出して、私が入る。それに、私はそんなにしょっちゅうお風呂に入らないじゃない」

三兄はいいとも悪いとも言わなかった。このきたなくて醜いものには興味がないのだ。もしかして、自分の恋が順調に進んでおらず、そのせいで気持ちが非常に沈んで不機嫌になっていたのだろうか、三兄は盥を蹴った。水がこぼれ、地面は水浸しになった。だけどそれでも、００５の頭は依然として殻から出てこなかった。

００５が来てから、私は責任を感じるようになった。私が００５を養っていかなければならないのだ。

三兄に聞いた。

「カメは何をたべるの？」

「羊肉のしゃぶしゃぶだ」

明らかに、その場を適当に取り繕っただけだった。しゃぶしゃぶ屋でカメが座って食べることがあるもんか。ところで家の兄たちは時々東来順という料理屋へ行った。そこのしゃぶしゃぶは美味しくて有名だそうだ。

私は宋おじいちゃんにも００５が何を食べるか聞いた。おじいちゃんはしばらく考えてから答えた。「だいたい人間が食べるものは何でも食べる」

「じゃあ犬と同じね」

「……たぶん」

犬を飼うことについてだったら、私は経験がある。市内東城の家で「黒子《ヘイズ》」という名の犬を飼っていた。何か美味しいものがあると、「黒子」はかならずしっぽを盛んに振って近寄ってくる。だらだらと涎を流して。大人がいなければ、「黒子」は私の手の中の物でさえ奪い取ることがある。本当に口が卑しい犬だった。

その後、鉢の縁に、カメの頭の前にいろんな食べ物が置かれるようになった。花巻《ホワジュエン》、饅頭、白ご飯、パイ生地のお菓子、ピーナッツの砂糖菓子、何はなくともジャガイモの千切り炒めはあった。半月以上経ったが、カメ００５はずっと鉢の底に腹這になったまま、全く動かない。硬くて黒い泥の固まりのようで、まだ生きているという形跡の片鱗すらない。鉢の縁に置かれた食べ物が次々と変わってもカメ００５は完全に無関心だった。確かに本当に死んでいるのかもしれない。

カメ００５を抱いて太陽の下で細かく観察してみた。深く縮こまったところは頭だと思う。

四つの足を甲羅の下にまげていて、小さく尖ったしっぽを前の方に巻いている。私はそのしっぽを引っ張って、まっすぐに伸ばしたが、手を放すとまた素早く曲がって元通りになった。あ！まだ生きている！

「黒子」と同じように、カメ００５も自分のしっぽを大事にしていて、だれかに触れられることが嫌いなのだろう。

この時期、ネズミ兄さんは気持ちよくゆとりのある生活をしていて、毎朝遅く起きて天井から降りると、ためらいなく００５のいる緑の鉢へと走っていく。００５に関心があるのではなくて、鉢の縁に置かれている食べ物が狙いだ。私が見ている中で、平気の平左でほしいままに肉の腸詰を食べている。「これはあなたに準備したんじゃないよ。他人のものを無断で食べて、恥ずかしくないの？」

ネズミ兄さんは私をちらっと見ると、方向をかえて尻を私に向け、また胡麻砂糖のお菓子を取りに行った。私は風呂の中にいるカメ００５に向けて言った。「速く出ておいで！でないとお前のご飯は全部他人に食べられちゃうよ」

ネズミ兄さんは胡麻砂糖のお菓子を咥えて、屋根に上がってしまった。

カメ００５はやはり首を出してこなかった。

カメ００５は心配事があってゆううつだからこうなっているのだろうと思う。だって捕まえられてこんな鉢に入れられて、両親にも会えないし、兄弟姉妹とも離れているなんて、どんなに寂しいことか。

カメ005に食事をするように勧めながら私は言った。「私は一日三食食べるんだけど、一食食べなかったらお腹と背中がくっついちゃうみたいに、お腹がすごく空くの。一日食べなかったらもう体力がなくて、ベッドで横になったまま起きられないよ。お前はもう半月も食べていないでしょ、死ぬつもりなの?私のことでもう怒らないで。私のところに来るなんてお前はついてるんだから。もし李さんがお前を持っていったら、もうスープになっている頃だよ。煮られたらどんな感じか、想像したことなんてないでしょ?まず水を沸かして、お前を百度の沸騰した熱湯に入れて……」

ネズミ兄さんはまた天井から降りてきて、鉢に置かれた食べ物を再度運搬したかったようだが、「沸騰した熱湯に入れて……」というのを聞いて、サッと逃げてしまった。

カメ005が私の言ったことを聞いて、どういう表情になったかを知りたくて、カメ005の甲羅の中を見てみた。甲羅の深いところに二つ可愛い穴がある——鼻だ。お箸で突いてみると、もっと奥へと縮こまってしまった。パイ生地のお菓子をすこしちぎって、無理矢理に鼻めがけて入れた。これは私に薬を飲ませる時、お母さんが取った方法だ。鼻を挟み、開いた口に一気に薬を入れる。その苦い薬は喉のところでゴロゴロと何回も回っているけれど、結局は飲んでしまうのだ。飲まなければきっと窒息死してしまう。今度はちぎったお菓子を全部００５の首の後ろに入れたが、カメ００５は何の反応もなかった。少しも感動していなかった。負けん気が強い私は腹が立ってきて、前からがだめならと、後ろから突いた。そして、縦に持ち挙げて、何回か段の所でトントンと叩きつけ……最後には、力いっぱい南の壁の下に投げつけた。

カメ００５は壁に当たると地面に落ち、南の壁の前で、逆さまになって、ぐるんぐるんと二周回った。けれども様子は元のままで少しも変わってない。もう相手にしたくない。腹立ちまぎれにそれを蹴った。「もう！これで死んでも自業自得だ！」

このカメ００５よりは、天井にいるネズミ兄さんの方が、臨機応変で、人間の気持ちをよくわかっているようだ。

ある日、私は北宮門外へ行って、李さんが自分の酒屋で酒がめに水を入れているところを見た。李さんは以前こう言っていた。「酒がめの酒はいい酒で、酒がめの栓は水洗した細かい砂を赤い布で包んだものなんだ。蓋の代わりにこういう栓を使うのは、砂は自由に形を変えて酒がめをぴったり塞ぐことができるから。この砂の包みはすでに十数年も使っているから、中の砂はもうすぐ妖怪になってしまうだろうね」

李さんは私がじっと見ているのに気づくと、ウインクして、「俺が水を入れたこと、神様のほかに知っているのは俺とヤーヤーだけだよ。これは秘密」と言った。

その表情と口ぶりから、私は彼が今悪いことをやっているとはっきり感じた。「李叔父さんって秘密が多いね。もうここのお酒を買わないように三兄に言わなきゃ」

「ご自由に。三兄が俺のお酒を飲むと思うか?そんなわけない。三兄が飲んでいるのは洋酒のウイスキーだ」

「ちょっと唄を歌っていい?」

「歌いな、俺は小唄が大好きなんだ」

彼氏見送り西へ
そこには石碑を背負うスッポンが
なぜ?どんな罪を犯したの
お酒を売る時、水を入れたの
……

唄がまだ終わらないうちに、砂の赤い包みが飛んできた。私は素早く身をかわした。酒がめを塞ぐ砂の栓は門のかまちに「ポン！」と当たって、お酒の匂いをあたりに漂わせた。「この小娘！俺の悪口を言って！何が『彼氏見送り』だ。『彼氏』ってどういう意味かわかるのか？三兄に言いつけるぞ！」

私は言った。「この小唄を教えてくれたのは李叔父さんでしょ。言いつけるなら、この唄を教えてた自分に言いつけなきゃね！」

李さんは本当に怒ったのではなく、無駄口を叩きたいだけだろう。

たぶん私にすぐ帰ってほしくないんだろう。李さんは、このごろカメ005との仲はどうだと聞いてくれた。「どうも、こうもならないよ。家に来てから頭をまだ出してない。つまり、私にまだあいさつをしていないんだ」

「え？そんなことがあるのか？」李さんは大袈裟に驚いた振りをした。「あの糞スッポン、傲慢すぎるだろ！大したものでもないのに、ヤーヤーの前で見栄えを張るなんて！ただの糞スッポンだっていうのにな」

李さんの「スッポン、スッポン」という言い方が、私は気に食わなかった。私は彼の言葉を訂正した。「005はスッポンじゃないよ、カメだよ。カメはスッポンと違って、背中に硬い甲羅を持っていて、そこに模様が入っている。万寿山で石碑を背負っているのはみんなカメで、スッポンじゃない」

「石碑を背負っているのはカメでもないぞ。それは贔屓《ヒキ》(1)と言って龍の子供だ。贔屓は重いものを背負うことが好きなんだ」李さんは続けた。自分の先祖は頤和園の石工で、園内の石刻についてはよくわかっている。例えば、龍の子供は九人で、それぞれ各自の特性を持っている。一番目は音楽が好きなので、琴に像を彫られている。二番目は殺戮が好きなので、刀や剣の握りにその像が彫られている。三番目は高いところに登って遠望することが好きなので、屋根の上にその像を彫られている。四番目は打たれたらよく大声で吠えるから、扉の金属製環にされていて、五番目はよく煙を飲むから、香炉の足にされていて……

最後に自慢げにこう言った。「龍の九匹の子供は頤和園の隅々に散在しているけど、俺はヤーヤーと同じ年ごろに全部探しだした。龍王の代わりに子供を捜すことは、かなり時間をかけてやらないとできないんだぞ。おそらく古代から今日まで、頤和園内の龍の九匹の子供を全部探し出せたのは俺一人しかいないだろうな」

李さんの話に私は夢中になって、明日から頤和園内の龍の子供たちを捜そうと決意した。全部見つけるのはどんなに面白いだろう。

（1）中国の伝説によると、贔屓は龍が生んだ九頭の神獣・竜生九子の一つで、その姿は亀に似ている。重きを負うことを好むといわれ、そのため古来石柱や石碑の土台の装飾に用いられることが多い。

李さんは私がもう夢中になったことを見て、また神秘的に言った。「一つ秘密を教えてやる。龍の九匹の子供の中で、一番探しにくいのは九番目の子だ。この九番目の子を捜すのに俺は半年余り費やした」

肝心なところで、李さんはわざと話すのを止めた。

「九番目の子はどんなの？」

「末っ子はな、体は大きくないけれど、お尻に穴がないから食べてばっかりで、何でもお腹に溜めているんだ。金運をもたらすから、貔貅《ひきゅう》という名前だ」

「その貔貅は頤和園内のどこにいるの？」

「当ててみな！」

「李叔父さんは半年以上費やしてやっと見つけたんでしょ。いきなり当ててみろって言われたってさ」

「そうだよなあ。やっぱり絶対わからないよなあ。貔貅の居場所は俺だけが知っている秘密だ」

「教えてくれないなら、もういい。龍王様に聞いてくる」

「龍王も分からないかもしれないなあ」

「龍王様はお父さんだから、自分の子がどこにいるか、知らないはずがないよ。だって、私のお父さんはここにいないけど、私が三兄のところにいることは絶対知っている」

私がうんざりしてきたのを見て、李さんは言った。「九番目の子はな、楽寿堂東側奥の間の炕に隠れてるんだ。西太后の握り石で、翡翠でできていて、丸くて可愛らしく、ふっくらとしている。普通の人は気に留めなければそれが何かわからないかもしれない」

「貔貅は咬まないの？」

「そりゃ、咬むさ。貔貅は歯を持っているからね」

歯も持っているという話を聞いて、私はカメ005のこと思い出した。カメ005は完全に私の好意を無視してきた。私は李さんにカメ005は饅頭でさえ食べてくれなかったと話した。それだけではない、パイ生地のお菓子ですら見ようともしなかった。

李さんは「パイ生地のお菓子は俺の大好物だ。これからそういうのがあったら、持ってきてくれ」と言った。

「そうだ、なあ、もう一つ秘密を教えてやるよ」

「またスッポンが人を咬む秘密？」

「スッポンの頭を出させる秘密。ごく簡単だよ」

「沸かした熱湯に直接入れるの？」

「それはいけないよ。そうしたら死んでしまう。死んでしまったら頭を出しても意味ないだろう？」

……

李さんは、水を入れたお酒を瓶に詰め込んで、それを隠修庵の尼さんに送ってくれと私に頼んだ。隠修庵は李さんの酒屋の後にあって、とても近いけれど、私は行きたくない。なぜかというと、私は隠修庵の灰色の長衣を着たその二人の尼さんが好きではないからだ。私は「尼さんはお酒を飲まない」と断った。

「尼さんはお酒を飲まないが、神様は飲む。これは神様に捧げるものだ」

「わかった。これもまた李さんの秘密だね」

三兄は恋人の女医さんと、晩御飯を食べてから景福閣へ月見をしに行くと約束した。景福閣は後山東麓にある大きな建物で、廊下も広く、周りに大きな木もあって、月見するには最高なところだ。私もそこが好きだった。三兄は友人と行く時、いつも美味しいものを持っていった。ドライフルーツや、杏仁豆腐、胡桃ゼリー、桂花缸炉《グイホワガンルー》(1)、シャーチーマー(2)などなど。

（1）金木犀のかおりがする焼き菓子。

（2）和菓子のおこしに似ているが、シャーチーマーは甘さが控えめで、固くなく、ふわふわと柔らかい。

三兄が自分で作ったものもあり、菓子屋から買ってきたものもあり、どれも繊細で美味しい。私の中では、景福閣はいつも美味しいものと関係している。私は、景福閣よりも美味しいもののほうが、もっと好きだ。

だけど、今日は、行きたくない。三兄も「行かなくてもいい。今日の月はそんなに丸くないから、それほど見る価値もない。家で遊んでな」と言った。

三兄は最初から、私を連れて行く気なんてないくせに。

それなら、お菓子の半分くらい残してくれと三兄に言ってみると、三兄はがばっと持っているかごを開けて私に選ばせてくれた。私はドライチーズ、閩南風ピーナッツ、ジュースを取り出してから、三兄に「唐辛子の粉はある？」と聞いた。

「そんなの、何にするんだ？」

「もちろん使うの」

三兄はもうデートに行きたくて、続けて聞く気がなくなっていた。「食器棚の一番上のお碗に少しある」と教えてくれた。

私はそれを三兄に取ってもらった。三兄はその真っ赤な物体を見て、何にするんだろうと、不思議そうな顔をしていた。

読者の皆様にはお分かりになったと思うが、これは李さんが昼間私に教えてくれた、カメ

００５の頭を出させる奥の手だ。

三兄が出かけるやいなや、ネズミ兄さんがどこからか出てきた。ネズミ兄さんはこれから何か発生するのを予感したように、目玉を動かさないでじっと私を見ていた。

私はお箸の先に唐辛子の粉をさっとつけて、カメ００５の深く隠れている鼻孔に塗っておいた。

ネズミ兄さんはくしゃみをすると少し近寄ってきて、何か始まるのを待っている。彼は私の行動に興味津々、好奇心一杯で見ている。

００５は最初何事もなかったかのようにしていたが、一瞬で頭を突き出して、一回転すると、またすぐに四本の小さな足で支えながら、素早い動きで回転した。今までの鈍い動きとはうって変わって、敏捷でスムーズだった。そして水かきをして、一生懸命縁に向かい、必死にそこを登ろうとした。盥の縁は非常に滑りやすく、つるつるしているから、少し登っては直ぐに滑り落ち、また登ってはまた滑り落ちた。しかし、それでも００５は屈服せず、必死に登ろうとした。ネズミ兄さんは、この状況はまずいと思って、すでにどこかへ逃げてしまった。彼はまったく楽しいと思わなかったようだ。

盥の水は濁ってきて、表面には唐辛子の粉が漂っている。玉泉山のおいしい水はカメ００５が我慢できない、命を奪う辛い濁った水となった。カメ００５は、口を開けたり閉じたり、頭を上げたり下げたりしていた。苦痛が体の中に駆け巡っているようだ。その口の中を見てみたら、確かに李さんの言ったように歯がなくて、上下とも硬い突起だけだった。そして今、その上下の突起も鼻も足もお腹も、例外なくみんな鮮やかな赤色になっていた。

李さんのいわゆる奥の手はすごく不道徳的だと、今になって、ようやくわかった。カメ005を苦しめて、逃げられない窮境に立たせた。カメ005に、こんなふうに無理やり顔を出させ、私と対面させるなんて、私はカメ005と友達になりたいという思いを自分で台無しにしてしまったのだ。喜ばしい初対面となるはずが、悪ふざけのいたずらになってしまったのだ。

急に、私の両目から涙があふれだした。「ごめん!ごめんねえ……」繰り返し繰り返しそう言って、005をすぐに取り出そうとしたが、カメ005は狂ったように暴れまわり、最凶の贔屓と化けてしまったようで、手がつけられなかった。

カメ005は全身の力を振り絞り、盥の縁を超えて脱出すると、自分の体を地面に投げ落とした。ようやく辛い水から抜け出せたことは不幸中の幸いだと思うが、まさかこんな凄まじいスピードで、机の下に這って行くなんて、思いもよらなかった。子供の時、何度も「ウサギとカメ」の童話を聞いたことがあった。カメの走る速度がウサギに遠く及ばないことは当然なのだが、今日のカメ005はどんな動物よりも速く、飛ぶようなスピードで机の下に入った。私どころか、家に入ってきたばかりの三兄も００５を捕まえることができなかった。机の下には瓶や缶などの容器がいっぱい置いてあって、ライトも当たらない。ガチャン、ガタンという音が聞こえた。しばらくすると、胡麻油が机の下から流れてきた。醤油と酢の混ざった液体が地面に滲み、部屋中調味料を売る店と同じ匂いで満ちた。

三兄の顔は真っ青だった。もしかしたら、とうとうお母さんのように何かを持って私をぶつかと思ったが、しなかった。きっと三兄は私に手をあげる勇気がなかったのだろう。三兄は私に手をあげる資格がない。私を殴れるのは、この家では母親だけなのだ。

三兄はまだ景福閣に着かないうちににわか雨に振られ、ずぶ濡れになって帰ってきたところだった。ロマンチックなデートがこういう結果になってしまったら、だれだって不愉快に決まっている。

「机の下を片付けろ」

三兄は言った。私は割れた瓶の破片を掃除しながらカメ００５を捜してみた。残念ながら、その姿は見つからず、どこに逃げて行ったかわからなかった。

夜寝る時になって、三兄は椅子の下にカメ００５を見つけた。カメ００５は三兄の洗濯予定の汚れた服の上に腹這いになっていて、その服を油まみれに汚していた。この様子を見て、三兄は激怒し大声をあげた。そうしてカメ００５の後ろ足を一本掴み上げ、扉を開けると、庭に投げ捨ててしまった。カメ005は三兄の手の中でもがいたりしなかったが、首を長く伸ばし、四つの足をがっくりと垂れ下げていた。鼻の先には赤い唐辛子の粉が残っていて、小さな両目はライトに光っていて……私には何を言うこともできなかった。まして、005を許してと三兄に泣きつくなんて。この夜は、私もカメ005も悪いことばかりやってきたのだから。

大雨は飽きもせずに降り続けている。炕に横になると、軒から雨水がばらばらと流れ、雷が空でゴロゴロ鳴るのが聞こえた。私は布団の中に縮こまり、いつか雷が私の頭上に降りてくるんじゃないかと心配していた。

一方、この大雨のお陰で、カメ005は運よく体の唐辛子粉を洗い落とすことができただろうと幸いに思った。

鬱々としたまま、深い眠りに落ちた。

朝、ネズミ兄さんの姿を見かけなかった。きっといつものように起きるのが遅く、まだ眠っているのだろう。昨晩のことはきっとネズミ兄さんを驚かせてしまったにちがいない。だって皆「ネズミのように臆病」だと言うもの。

三兄はすでに仕事に出かけていた。私の朝ご飯は机に置かれている。シャーチーマー一個と砂糖漬けのドライフルーツだ。ドライフルーツは三兄が自分で作ったもので、アンズ、蓮根、干し柿を金木犀と砂糖で漬けたもので、甘ずっぱくてとても美味しい。これは昨晩景福閣に持って行って、例の美人女医さんと一緒に食べる予定だったものだが、大雨のおかげで私は儲けたわけだ。

シャーチーマーを一口、ドライフルーツも一切れだけ残した。これはネズミ兄さんの分だ。何も言わなくても、お昼頃帰って見たら、これらの食べ物は少しも残らず、全部ネズミ兄さんに天井まで運ばれていた。

ドアを開けると、朝焼けが広がっていて、空気が澄んで美味しかった。雨上がりの頤和園は、楼閣や殿堂、草花や樹木も、いつもより鮮やかできれいだ。普段、このような時は、でんでんむし狩りに後山へ行くのだ。頤和園のでんでんむしは市内の家の壁や堀の根元にいるものと違って、色はグレーじゃなくて白い。角も明らかに長いし、大きさもずっと大きい。市内のものとはくらべものにならない。それに、頤和園のでんでんむしは頑固で、言うことを聞かない。「でんでんむし、でんでんむし、出てきて、出てきて、おいしいものを食べさせてあげる」といくら言っても出てこない。出てこさせたいなら、その殻を煉瓦の上で擦ることが必要だ。殻を擦って割り、枝や棒を突き刺さなければならない。こういうやり方は、カメの鼻に唐辛子の粉を塗るのと同じように酷い。

今朝、私はでんでんむしを捜しに行かずに、中庭でカメ005を捜した。排水溝、下水道口、草むら、石の割れ目、みんな捜したが、いない。扉の後、壁と壁の間や塀と塀の間、壁や塀の根元まで捜しつくしたが、やはりいない。

まさか昨晩の大雨に乗じて逃げてしまった？

家屋の周辺を一日掛けて、ぜんぶ捜したが、やはりいない。

私はカメ００５を失った！

完全に失ってしまった！

あの酷い唐辛子のいたずらにやられて、カメ００５は姿を消してしまったのだ。

カメ００５を失ってから、ネズミ兄さんとの友情はもっと貴重なものになった。


夏の終わりが近づき、朝晩少しずつ寒さを感じるようになった。朝寝坊には絶好のシーズンだ。三兄はダイエットのため、朝のランニングを日課にした。勝手に一人でやってればいいのに、三兄は私をも巻き込んだ。「ヤーヤーみたいなデブネズミは俺より運動すべきだ」と言って、朝寝坊が好きな私を伴ってランニングを始めた。それで、私はもう朝寝坊出来なくなってしまった。東の空が赤くなりはじめると、三兄について後山まで駆け登らないといけない。それから後山を迂回して長廊を通り、走って帰る。この道筋は私にとってたいへんなコースで、筆舌に尽くし難い苦しさだった。結局体重は減らなかったが、食べる量は大いに増えて、朝ご飯に焼きパンを二つ食べるくらいではもう足りなくなった。

昆明湖の蓮が萎れて、小さな蓮の花托ができた。山の花や草は朝になると露を結び、空はいっそう青くなってきた。西の玉泉山の宝塔もはっきり見えるようになってきて、あっという間に、一年中で北京が最も美しい季節――秋になった。

このごろ、三兄は上機嫌だ。美人女医さんが中秋節の時、市内にいるうちの両親に挨拶しに行くことに同意したからだ。三兄は興奮してこっそり私に教えた。これは三兄と女医さんとの結婚がおおむね大丈夫だということを意味している。三兄は将来の生活に憧れて、私に言った。新しい椅子を二つ買わなきゃ、自分に一つ、奥さんに一つ、食事の時はちゃんと椅子に座る。これこそ生活ってもんだ。それに新しい布団を二組準備しないとな。持って帰ってお母さんに縫ってもらおう。それに北側奥の部屋の炕は狭すぎるから、管理課にダブルベッドを申請しないと。窓側の二つの肘掛け椅子を向かい合って置けば、なかなかいいベビーベッドになる……

聞いて分かった！椅子は一人一つ、布団も一人一組、ベビーベッドでさえ考えてるっていうのに、なんとまあ、私には何もないってわけ！空虚な気持ちになってしまう。とはいえ実のところ、三兄がはやく結婚することを私は心底望んでいた。そうなれば、私は家へ帰れるし、この大きな庭から離れることができる。

私は自分の考えを朝寝坊したネズミ兄さんに知らせたが、ネズミ兄さんはまったく聞いてくれなかった。こういう気持ちをネズミ兄さんは理解できないのだ。彼にとって、毎日重要なことは寝ることと食べものを捜すことだ。ある日、なんとネズミ兄さんは、プロポーションのいい、きれいな彼女を連れて、私の寝台に来た。ネズミ兄さんの彼女は、ネズミの中の美女といえた。淑やかで恥ずかしそうに、ネズミ兄さんの後ろに突き従って、天井から降りてきた。初対面だから、ネズミ兄さんの彼女はまだ私を恐れ、足の辺りでうろうろするだけで近づいてこなかった。

ネズミ兄さんは本当にやるなあ！三兄と彼女はまだよくわからない状態なのに、ネズミ兄さんはもう奥さんをもらってきた。それにたいそう美人だった。本当に目が高いね。

私からネズミ新婦への初対面のプレゼントは、落花生二粒だった。新婦はぎこちなく受け取らなかった。体の向きを変えて、ネズミ兄さんについて帰って行った。あの女医さんと同じように、もったいぶった態度だ。嫌な感じ！

私は理解した。もう私はネズミ兄さんの唯一でなくなった。ネズミ兄さんは自分の家庭ができて、自分の生活を始めているからだ。三兄の心は女医さんにつかまれて、ネズミ兄さんの心は新婦のネズミにつかまれた。私の心は誰につかまれるべきか?唯一残ったのはカメ005だけど、私はそのカメを失ってしまった！

九月初め頃になって、お父さんが一度やってきたが、私を市内に帰らせるつもりはないようだった。三兄は私のことをお父さんに訴えた。私がした悪いことをいっぱい話したけれど、お父さんはそれを聞いても笑うだけだった。最後に、三兄はお父さんに私を連れて帰ってもらいたいときっぱり告げた。私にこれ以上は無理というほど煩わされて、大変な迷惑をかけられた、だって。訴えた内容は私だけでなく、ネズミ兄さんのことや、カメ005のこともあった。三兄の申立には事実からかけ離れたことも相当多かった。半分は尾ひれがついたもので、半分は根も葉もないことだ。一体誰のことを話しているのか分からないくらいだ……やりきれない思いでいっぱいになって、私は大声で「わあん」と泣いた。

三兄は私に言った。「父さんの前で、よく泣けるな？ここの匂いをかいでみろ、机の下はいまだに胡麻油、しょう油、酢の匂いがする。四六時中延々ラーメンを作っているみたいじゃないか！」

お父さんはこう言った。

「ヤーヤーは来年から小学校に通うから、思い切り遊ぶことができるのは今しかないんだ。あまり縛りつけるもんじゃない。小学生になったら、来てほしいと思ったって来られないんだぞ」

三兄はそれでもぶつぶつ呟いた。こんな意地悪な子供になったのは、みんなが家で甘やかすからだ……

「もういい。将来お前の子も悪ガキになるかもしれないんだ。お前とヤーヤーとのくそみたいなことは、私にはわからないし、聞きたくもない。こうしよう。これはノートと鉛筆だ。明日から毎日公園で写生させよう。一日二時間スケッチさせるんだ。あちこち狂ったように走り回らせずにな」

お父さんは話しながら、カバンから白い紙一重ねと鉛筆何本を出した。美術の先生として、お父さんはこのように私を丸め込み、芸術的な素養を呼び覚まそうと考えたらしい。

「写生って何?」と聞くと、お父さんは「実際の物を絵にすることだ」と答えた。

「それって本物を偽物にするってことじゃない?猫を見て虎を描くみたいに」

お父さんは何も言わなかった。

私はお父さんに「まず何を描くの?」と聞いた。

お父さんは周りを見回してから、南壁の紫の花を指して「まずそれを描きなさい。アサガオだ」と言った。

アサガオは簡単すぎる。ラッパみたいなただの丸じゃない?隣の猫じゃらしの方が面白い。

私がそう言うと、お父さんは言った。「アサガオは簡単じゃない。斉白石のアサガオは、簡単な少しの筆運びでも風格を感じさせる。皆その技法を学びたいと思っているが、なかなか身につけることができないんだ。それに、その隣の猫じゃらしも見くびってはいけないよ。確実にそれを紙に描こうとしたら、非常に労力を費やさないといけないんだ」

私はラッパ状のアサガオも、犬のしっぽのような猫じゃらしも描かない、大輪の牡丹を描きたいと宣言した。

「はあ……ちぇっ、調子に乗るなよ！」三兄は舌打ちして言った。

お父さんが帰った途端、私は三兄にアサガオを描くよう言い渡された。

私は小さな腰かけを運び、いかにも真剣そうにアサガオの真正面に座ると、あっという間に何本かの花を描いた。そのスピードはきっと斉白石と変わらなかっただろう。そんなに難しいとも思わなかった。三兄は絵を見て言った。「これは写生じゃない。花柄の布をプリントするのと同じだ。全部の花が同じ模様で、体操するように列に並んでいる……」

「三兄は美術の先生じゃないし、お父さんでもない。私に教える資格なんてないでしょ？」

「俺は、ただその紙がもったいないと思ってさ——」

二日間だけアサガオを描くことを続けたが、成功しなかった。というのは、アサガオは花開くのが朝早すぎて、太陽に向かってちょっとの間開くと、正午に近づく頃にはすぐ萎れてしまう。毎朝私が起きてアサガオを見ると、みんな萎れてしまっている。そんな花は描く対象にできないから、やめてしまったのだ。遅い時間に開く花を捜そう。

……

カメ005を失って、一緒に遊ぶものがいなくなった。私はまた一人で北宮門へ行った。宋おばあちゃんは私の髪を二本のお下げに結って、どこからかピンク色のリボンを見つけだして左右それぞれ一つ、二つのちょうちょう結びにしてくれた。今までこんな格好にしてもらったことがなかったから、私はもう自分が誰かもわからなくなるほど喜んで頭を振った。

「ずっと触らないで、じゃないとリボンが取れちゃうよ」宋おばあちゃんは言った。

「三兄に見てもらわなきゃ」

「三兄は見ても分からないさ」

「それなら、三兄の彼女に見てもらおっと」

宋おばあちゃんは「こんなに喜んで、やっぱり女の子ね」と笑っていた。

私が女医さんの医務所に現れたことは、女医さんの注意を引くことができなかった。女医さんは机の前に座って、外来患者の診察をしているところだった。私が入ってくるのを見ると、顔を上げて聞いた。「何か用？」

私は頭を振って言った。「用はないけど」

女医さんは「そう」とうなずいて、再び頭を下げた。

私のお下げも、ピンク色のリボンも、女医さんは見て見ぬふりをしてまったく無関心だった。私のこの心の落ち込みようについては、もう話したくない。わかった。誰もが他人のことに興味を持っているわけじゃない。自分が喜んでも、他人も喜ぶとは限らない。自分が好きなものでも、他人も必ず好きとは限らない。だから、何か楽しいことや不愉快なことがあったとしても、自分で対応して、自分がわかればそれで十分なのだ。他人に知らせる必要はない。このごく簡単なことが、私は今日、頭のリボンを通じてやっとわかったのだ。

私はがっかりして家へ帰った。扉を開けようとした際、カメ005が門の敷居を登っているのを見つけた。こいつめ、どこから出てきたの?この数日間どうやって生きてたの?どこに隠れていたの?なにより、まだ死なずに生きていて、まだ家に帰るということをわかっていて、家の場所を覚えているなんて。

「005!おかえり!」

カメ005は、今私に会っても頭を縮めなかった。依然として懸命に門の敷居を登ろうとしていて、体はもう立ち上がっていた。わあ、カメもまばたきできるんだ。私は005の小さなしっぽを触ってみた。005は腹を真上にひっくり返した。そうして、四本の小さな足を絶えず振り回し、頭を後ろへ縮めたり伸ばしたりして、背を上にしようとした。カメが身を翻すということは、確かに簡単なことじゃない。

以前と同じように、緑色の釉薬の素焼き盥に水をいっぱい入れて、その中に005を入れた。今回は、カメ005は非常に協力的で、盥の中で止まらずに水をかき、頭を水面に伸ばして、嬉しそうにしていた。「前も今みたいにしてくれたらよかったのに！そうしたら唐辛子の水に苦しむことなんてなかったのに」と言ってやった。

食器棚から蒸した豚肉を一切れ取ってきて、お箸で005にやってみた。005は遠慮しないで、頭を伸ばして、一口で飲み込んでしまった。また005の口の中にある、あの二列の歯のない「歯」が見えた。なんて不思議なんだろう。このような「歯」で、ものを食べられるなんて。私はまたお箸の先で005の口に触れた。たぶんお箸に肉の匂いが残っているのだろう、005はしっかりとお箸を噛んで、もう放そうとしなかった。

005のかむ力は本当に強く、私がお箸を高く上げると、005も一緒に水から浮き上がった。それでもまだしっかりと噛みついている。以前李さんから聞いた秘密を思い出して、私はロバの吠え方を真似て吠えてみた。「わう、わう、わー」ぜんぜん効かない。

三兄が仕事から帰ってきた。お箸はまだ005に噛まれたままだ。「こいつはどこから出てきた？しっかり縛り付けろよ！また胡麻油の瓶を割ったら、こいつをスープにして食べるぞ！」

あのようなことはもう二度とない、と私は保証した。

これで005は私のところに住むようになった。毎日、005に食事を与えるけれど、

005はもうそれを拒否しない。しかも食べる量は日に日に増えてきている。私が何かを食べたら005もそれを食べる。果物の桃やスイカでさえも食べる。本当に宋おじいちゃんの言ったとおり、雑食動物で犬と一緒だ。でも、005のもっとも好きな食べ物はやっぱりお肉だ。特に生の肉、例えばトリの腸、サカナの浮き袋、カモの血、ヒツジの脳など。こうした物はそれほど入手しにくいものではない。早起きしさえすれば、北宮門外で全部集められる。

私は005に言った。「ここでの生活がこんなに幸せだとわかってたら、あの時逃げていく必要なんてなかったんだよ」でも、後でよく考えてみたら、それも違っていた。005は逃げたのではなく、三兄に投げ出されたのだ。やや文学的な表現で言えば「捨てられた」のだ。普段005はよく盥の底部にいて、頭を縮めて、何かを考えているようだが、私が近づいてくる足取りを聞くと、すぐに頭を伸ばして、私の目を見る。これは当然私から肉をもらいたいと期待しているからだ。カメは人見知りだ。三兄が来ると005はいつも頭を縮めて死んだふりする。三兄の前では一度も頭を出したことがない。三兄は怒って、何かあるとすぐに「この死に損ないのスッポンめ!」という。

この「死に損ないのスッポンめ」にもっと楽しく、もっと健康でいてもらうために、私は毎日カメを連れて散歩をすることにした。市内にいる七番目の兄が毎日犬の黒子を散歩に連れていくみたいに。黒子は散歩するのが大好きで、家から出ることを知ると、嬉しくて高く跳びあがり、素早く門の近くに行って待っている。誰だろうが、散歩に連れていってくれる人がいれば、もうお祭りだ。困るのは、出ていったら帰りたがらないことだ。「帰ろう」と言うのを聞くと、すぐに地面に倒れ込んで死んだふりをする。黒子はもう一歩も歩かない。無理矢理引っぱって帰るしかない。私は、005も散歩に出かけることが好きだろうと思った。何と言っても、005は「四大洲」で長く生活してきたから、そこには彼の匂いがある。私みたいに、永遠にホームシックにかかっている悲しい状態にさせたくない。

それから私は、七番目の兄が黒子を連れていくみたいに、毎日カメ005を連れて散歩するようになった。私は二つのお下げにつけていたピンクのリボンを繋げて、それを005の一本の前足にくくり、ずるずると地面で005を引っぱって歩く。005は頭を縮め、私に連れられて山を登ったり降りたり、転んで揺られていたけれど、何の不満も漏らさなかった。場合によっては尖った小さな鼻を出して、周りの環境を探って見る。私はカメ005を連れて四大洲にも、長廊にも、龍王廟にも、石舫にも行った。私は005に自分が頤和園で好きなたくさんの場所を見せた。カメ005はどこからみても広い世間を知っているカメだと言えるだろう。

今考えてみれば、小さな女の子が、一匹のカメを引いて、頤和園の仏殿楼閣をうろうろするのは、実に風情のある風景だ。

もう一つ大事なことがある。それはカメ005を宋おじいちゃんと宋おばあちゃんに紹介したことだ。その日、005を連れて焼餅屋にいくと、005は遠慮なく宋おじいちゃんからもらった焼餅を食べた。宋おじいちゃんは、カメ005が健康でがっしりとしていて、いい見た目をしていると褒めた。どうやら互いに好感を持っているようだ。カメ005の由来を聞くと、宋おばあちゃんはこう言った。「カメは頤和園のお客さんよ。大体は外から持ち込まれたもので、頤和園で生まれたものではないの。このカメはかなり長生きしていると思うよ。きっと昔皇宮で放生された霊力のあるカメだね。こういうものは頤和園によくいるの。園内では時々小舟と同じぐらいの魚や、色とりどりの大きなヘビなんかを見かけるよ。どれも年は百歳以上になるだろうね」

「放生されたもの」だなんて、カメ005は間違いなく輝かしい出身の身の上ということだ。四大洲から拾ってきたカメは決して普通のカメではない。私はこんな想像をした。ある小さな庭園に住んでいる清王朝の美女が、一匹の小さなカメを湖に入れて、そのカメに無限の希望を託した。そして美女がおばあちゃんになって、亡くなると、カメは非常に悲しんだ。長い年月を経て、小さなカメは大きくなり、また庭園の若い美女——つまり私に拾われて、カメは再び過去のその庭園に戻ったのだ。すべては一つの丸く円を描く物語のようだ……

宋おじいちゃんは言った。

「『よい馬には良い鞍をつけるべし』ってな。こんなに堂々としたカメにピンク色の紐じゃあ、まったく品位を傷つけてしまう。取り替えなくちゃいかん」

そして、宋おじいちゃんはあの大きい弓に張っていた牛の筋を私に貸してくれた。何で貸すだけなの？くれないの？と聞いたら、宋おじいちゃんはこの牛筋は先祖伝来のものなんだと言った。弓の背は壊れてしまったけれど、弓の弦はまだ残っていて、記念としてとってあるんだ。このような記念となるものはどれも他人にあげることはできないんだよ。

牛の筋をカメ００５の足につけた。それはリボンのような柔らかみはないけれど、堂々としていて、立派になった。ボディーガードのような雰囲気を持っている。

私はカメを放牧する牧童になった。

三兄の認識では、カメ００５は冷血動物で、低級動物だから、人間の持つようなあらゆる感情や欲望を持っておらず、喜怒哀楽も分からない。ものを食べるのも動物の本能でしかない。誰が誰かも、ぜんぜん理解していないのだという。だけど、私は違う意見を持っている。カメ００５はいろんなことを体験した、見聞豊かな、百年以上の経験を持っている放生されたカメだ。００５は何でも分かるし、何でも体験している。今度帰ってきたのも、きっと自分の家に帰ってきたように感じているだろう。００５はひとりで有頂天になって盥の中で踊ったりする時もあれば、盥から出て、首を縮めて壁の根元でのんびりと日光浴する時もある。私が最も好きなのは、００５が食事する様子を見ることだ。首を伸ばして口を開けて、私の指に持っているのが小さく切れた肉でも、ひとひらの花びらでも、素早く一口で飲み込んでしまう。まったくてきぱきとしたものだ。お腹がいっぱいになると私たちは一緒に遊ぶ。よくやるのは、００５をさかさまにして、その四本の足が頼りなくあたふたと踠くのを見ることだ。００５は私のいたずらする気持ちを十分理解していて、しばらく踠いて私の興味を完全に満たすと、首をくねらせて、頭で突いて、要領よく宙返りをした。午前中まるまるずっと、私たちはこのようなゲームをした。何回も何回も……

太陽が西側の大きな木の後ろに落ち、月が東側の壁から登る。頤和園の生活は静かすぎて、変化に乏しい。だけど幸い、００５がいて、ネズミ兄さんがいて、そして一緒にいても嫌、会えなくても嫌な三兄もいる。そのおかげで生活は少しおもしろくなる。

近頃、ネズミ兄さんの家には子供が産まれた。真夜中になると天井からやわらかなチュッチュッという声が聞こえる。子ネズミたちが産まれて、ネズミ兄さんはお父さんになった。

私の生活は賑やかになってきた。

北方の少年老多

今年最初の木枯らしが後山から吹いてきた。コオロギの鳴き声が壁の隙間から聞こえるようになった頃、私たちの庭では面白いことがおきていた。隣に住んでいる張おじさんが結婚することになったのだ。

花嫁さんはインドネシアの華僑で、髪の毛は縮れていて、彫りが深く、花柄のワンピースに白いハイヒールを身に付けていた。その細くて高いヒールに、私はいつか彼女が足をくじいてしまうんじゃないかとずっと心配している。そろそろ結婚するということで、彼女はこの庭の様子を視察しにきて、隣近所へのあいさつもした。彼女は香水の匂いを漂よわせていた。それは三兄が日常使っているオーデコロンと違って、森林の淡いかおりだった。雨上がりの後山の澄んだ空気のようだ。隣の張おじさんも三兄と同じく頤和園の職員で、三兄よりも忙しいようだった。この彼女が尋ねにくるのを私は一回も見たことがなかったし、それに張おじさんは三兄のように美味しいお菓子を作って誰かの機嫌をとったり、社交ダンスをしたりすることもなかった。なにもせず、ぜんぜん人目を引かないのに、突然結婚することになった。まるでネズミ兄さんみたいだ。ある朝、急に美人の奥さんねずみを連れてきたから、私はびっくりして言葉も出なかった。

彼らと比べてみたら、三兄は少しかわいそうな気がした。そう思ったので、この数日私は特におとなしくしていた。言い争いをしたりわざと困らせたりせず、毎日、時間通りに食堂へ行って、前々から食べ飽きているジャガイモ炒めを食べても、なんの文句も言わなかった。毎日部屋をきれいに掃除すらしたし、まじめにアサガオの絵を二枚描いたりもした。

しかし、私がこんな風にしても、三兄からの称賛は一言もなかった。

張おじさんはこの頃すごく忙しい。部屋の室内塗装、障子紙の張替え、蒸し鍋を購入したり、額縁を掛けたり、それに二枚の鮮やかでけばけばしい布団も用意した。ちゃんと生活していくつもりらしい。三兄も手伝いに行って、新しく買ってきたラジオを調整してやった。当時ラジオは「話し箱」とよばれていた。こんなに小さくて、人も入っていない箱が、どうしてしゃべれるのか、私にはよくわからなかった。三兄がラジオをいじったりするのを、私はそばで見ようとした。何回も手を伸ばして箱の中のしゃべるモノを引っ張り出そうと思ったが、三兄に手を叩かれて「感電するぞ」と言われた。

「電」というのがなんなのか、私はわからなかった。

結婚といえば、最も喜んでいるのは隣の張おじさんだ。普段しょっちゅう出会うものの、まったく私を相手にしてくれなかった。だが、今は出会ったら必ず「ネズミヤーヤー、今日なにしていたの？」と話かけてくれる。

何をしたか、おじさんには関係ないでしょ、とりつくろって善人ぶっちゃってさ、と私は密かに思っていたが。彼の次の言葉はもっと嫌なものだった。「ネズミヤーヤーはスッポンを連れて散歩に行ってないか？」

「005はカメさんで、生まれつき知恵を持ってる放生されたカメさんだよ。ばかっぽいスッポンなんかじゃない」

「はい、はい、生まれつき知恵を持ってる、持ってる」

張おじさんは答えながら持っているものを脇に抱えて部屋に帰った。話しかけるということは全て一種の社交辞令であるということは、子供である私でもよく知っている。子供も犬と同じで、真心をもって扱ってくれているかどうかは、自分の直感でわかる。何を言って、何をしたかで判断するものではないのだ。

近頃、三兄はしょんぼりしていて元気がない。三兄は恋人の女医さんに何回かメッセージを書いて、私にそれを東門外の医務所まで届けさせたけれど、先方からの答えはなかった。おそらく、また喧嘩したんだろう。特に隣の張おじさんが今結婚しようとしているから、三兄が受ける刺激はかなり強い。自分の兄がこういう状態になっていることが、私はかわいそうでたまらない。三兄の心境を少しでも変えさせようと思って、００５を三兄の前に連れてきて「寝返りを打つ」実演をさせた。００５は破天荒に三兄の前で何回も実演したが、三兄を喜ばせることはできなかった。

張おじさんが結婚する日は、お客さんが大勢来た。新婚夫婦の部屋の門は大きく開かれていて、中からは賑やかな談笑の声が聞こえてくる。私は、こんなに楽しい機会を逃してはいけないと思って、みんなと一緒に大きな顔をして、新婚夫婦の部屋に入った。三兄に「くれぐれも入って邪魔者にならないように」と言い含められたことをきれいに忘れてしまって、こっそりと部屋の真ん中――祝い飴のテーブルのそばに近づいた。

小さなテーブルにはきれいなテーブルクロスが敷かれていて、その上に色とりどりの祝い飴があった。電灯の光の下、包み紙がキラキラと輝いている。その中を漁った私は、真っ先に金貨チョコレートが気に入った。このようなお菓子なら、一回食べたことがあった。それは父親が政治協商会議の懇談会に参加した時に用意されたものだった。チョコレートはとっても美味しいので、一回食べたら一生忘れられないものなのだ。私がその金貨チョコを狙って手を出そうとしていると、張おじさんが来て、飴を一つかみ私の手に握らせた。見てみると、ほとんどはセロハン紙で包んだ硬いキャンデーだった。これでは満足できない。飴をポケットに入れてから、また手を出そうとしたところで、後ろで咳払いが響いた。三兄の警告だった。さてはこいつ、ずっと私の後ろで私の一挙一動を見張っていて、なにかあったら押さえつけるつもりだな。私が横目で三兄を見ると、彼はちょっと口を尖らせて「出ていけ」と合図した。私は三兄に向かってニヤッと笑い、堂々とその金貨を手に握って、体の向きを変えて撤退しようとした。その時、新婦さんが私を引き止めて、「来たばっかりなのに、どうして急に帰るの？」と言った。

「私が帰りたいんじゃなくて、三兄が『帰れ』と言うんだもん。三兄は私が金貨チョコを食べるんじゃないかって心配してるの」

新婦は「三兄さんは厳しすぎるね」と言いながら、また祝い飴の山から金貨を二枚探し出して、私のポケットに入れた。

うれしい。すごくうれしい。金貨三枚！金貨三枚よ！これでもうここにい続ける必要がなくなった。私は喜んで家へ帰った。部屋に入るや否や、お尻を三兄に蹴られてしまった。三兄は自分の顔を潰したと言った。

私は何で顔を潰したというのかと聞いた。三兄は言った。「下品！卑しいやつ！世間知らず！」

「確かに私は何も知らないよ」

「何も知らないなら、なんでチョコレートのことを知ってるんだ？」三兄は大声で怒鳴った。

私は目をぱちくりさせて、三兄になにか反撃する言葉を考えていると、彼は「普段、うまいもんをなんでも食べさせてやってるのに、肝心な時に面目をつぶして恥をかかせやがって！プライドはないのか！プライドって何か知ってるか！」

「知らない」

「プライドっていうのは、誇りを持って、軽はずみなことをしないことだ。少なくとも謹んでいる様子をしなくちゃいけない」

「プライドっていうのは、他人の結婚を見て、羨ましくってたまらないのに、何もない振りをしていることでしょ。三兄のことわかっているよ、あの女医さんとまた喧嘩して捨てられそうになってるんでしょ。それで私で鬱憤を晴らそうってんでしょ！」

この言い方は三兄の急所に的中したらしく、彼は怒って顔を真っ赤にした。「もうお前、明日帰れ！」

「こんなつまらないところなんて、前々から居たくないと思ってた！正殿ばっかり。ほかはなんにもない！」

私は勢いよく高い声を上げて泣き出した。声は高いばかりではなく、長く、長く引き伸ばされた。駄々っ子みたいな泣き声が、遠くまで響き渡る。これは隣の張おじさんの結婚祝いに来ているお客さんみんなに聞かせるためだ。もちろん、私の手には三枚の金貨がしっかり固く握られている。

子供時代に泣き叫んだことは今でも懐かしく思っている。何か不愉快なことや、満足できないこと、子供の悪知恵を働かせることがあったら、心ゆくまで号泣すればいい。自分のイメージがどうとか、どのように始末をつけるかとか、そんなことは全然考えなくてよい。こんなことは、大人になったら、もうできないことだ。

私の号泣を、三兄はものともしなかった。タバコをつけて隣に座っただけだ。

私は言った。「タバコを吸うなんて!悪いことしてる!お父さんに言いつけるよ!」

「こん畜生、言えばいいさ。俺はもうすぐ三十だぜ。煙草を吸うくらいなんてことないさ」

三兄と口げんかをしていると、新郎の張おじさんが小脇に丸まった布団を抱き、男の子を連れて入ってきた。この男の子は老多《ラオドゥオ》といって彼の甥だという。老多は故郷河北にいる張おじさんのお兄さんに代わって、結婚式に参加しに来たのだ。遠くから来ているのだから、すぐに帰る道理はない。何日間か三兄の部屋に泊めてもらって、皇室の豪華な庭園を見物させてやろうとでもいうのだろう。

老多は、黒ずんだ皮膚、膨れた唇、ジャガイモのような頭、細い両目、中国風前合わせの青い上着、八分丈のズボン、布靴、どう見ても田舎臭く思えた。田舎臭いけれども全身身に付けているのはすべて真新しいものだった。今回北京に来るために、お母さんがわざわざ用意した「お出かけ服」に違いない。

背丈を見れば、私より頭一つ分くらい高い。たぶん年上だろう。張おじさんの話によれば、老多は故郷の初等小学校二年生で、漢字は多少知っているが、そんなにたくさん習っていないらしい。田舎の子だから、学校での勉強は二の次で、大半の時間は家庭の肉体労働の手伝いをしなくちゃいけないのだ。

張おじさんは三兄のことをおじさんと呼んで挨拶するよう老多に仕向けたが、老多はぼんやりとそこに立ち尽くしたまま、目前の地面をじっと見つめていて口を開けない。

「挨拶しなさい、これから何日間かおじさんのところでお世話になるんだぞ」

老多は思い切って張おじさんの後ろに隠れた。

張おじさんは言った。老多は故郷にいるお兄さんの五番目の子で、その上に四人の兄がいる。お兄さんは、上の子が全部男の子だったのでどうしても女の子がほしいと思ったが、五番目の子もやはり男の子だったものだから、「余った」という意味の老多と名付けたのだという。

老多は毎日、農家肥料の収集や家畜食料の準備をしていて、芝刈りや薪割り、水を担ぐことなどはみんなできるが、口を開けて話すことだけは嫌いらしい。勉強の方も身を入れないから、こんな年になるのに掛け算の九九も暗記できない。今度北京に来たのが、初めての遠出で、大都会に来たのも初めてだからまだ慣れていない。

張さんは私を指して「この子は妹さんのネズミヤーヤーだよ。明日から妹さんにいろいろ案内してもらおうね」と言った。

「妹じゃない。叔母さんだよ」と、私は言った。

張おじさんはちょっと考えて、「そういえばそうだ」と言った。

張おじさんは老多のことを紹介する時、故郷の言葉を使って「老多《ラオドゥオ》」を「老朵児《ラオドゥオアル》」と言っていた。私も張おじさんのように「老朵児」と呼んだら、三兄に睨まれてしまった。

「礼儀をわきまえろ。失礼だぞ！」

三兄の目から見れば、私のすべての言動は一挙手一投足、すべて間違っていて、礼儀をわきまえていないものなのだ。

老多は確かに口を開けて話すことが苦手で、午後の時間、ずっと門外の柱にもたれて立っていた。全然寒くないなのに、彼は両手を袖の中に突っ込んでいて、無表情で西側の屋上を見つめていた。まるで仏殿の神様の前に立っている粘土塑像のようだ。

張おじさんは結婚式でお客さんをもてなすのに忙しく、老多への世話を全部三兄に任せた。夕食の時、三兄はいつもと違って、私を食堂に行かせるのではなく、私と老多を連れて北宮門外の料理屋まで行った。そのあたりでもっとも名高いのは「喜楽《シーロー》」という店で、河南省から来た兄弟二人がやっている店だ。主に餃子、烙餅、爛肉麺《ランロウミエン》(1)を売っている。三兄はこの「喜楽」の料理が嫌いで普段あまりこの店に来ない。なぜかというと、この「喜楽」の料理は五《ウー》香粉《シアンフェン》という混合スパイスを入れるのが好きで、どんな料理でも五香粉を入れているからだ。この料理屋全体が五香粉の匂いをしていて、その匂いが遠くまで漂ってくるほどだ。三郎兄の話によれば、「五香粉というものは調味料に過ぎない。入れてよい料理もあれば、いれてはいけない料理もある。喜楽の料理人兄弟はまだこのコツがわかってないんだ。見習いコックにすらまだまだ遠く及ばないんだ」

そうは言っても、このあたりで食事と言ったら「喜楽」に行くほかない。私はラーメンを注文して、こう付けくわえた。「五香粉はいらない。胡麻油とねぎを多めに。卵を二つ」

三兄は言った。「食べることにおいては、お前は絶対損をしない、自分のことをちゃんと大事にできるんだな」

「そうよ。食べるなら満足しなきゃ。いい加減には絶対しない」

三兄は老多に何が食べたいか尋ねたが、老多は何も言わないで指で机をほじくっている。

---

(1) 豚肉をスパイスと一緒に炒めて、麺にかけて食べる料理。

三兄は声を上げて怒鳴った。「何が食べたいか言えよ！なに机をほじくってんだ！」三兄は子供を育てたことがないから、何かあるとすぐに怒るのだ。私はもう慣れているからまだ大丈夫だが、ほかの子なら我慢できないだろう。

老多はさらに頭を低くして、ほとんど机に接しそうになった。

店主が来て言った。「田舎の子だ、恥ずかしいんだろう。注文なんかできるもんか。俺が餃子を作ってやろうか？」

「ああ」三兄は言った。「餃子の中身は？」

「大根と豚肉だ」

「どうせ繊細なものは作れないだろう」

「なかなかのもんさ。中は丸ごとの肉団子さ」

三兄は何も食べなかった。油塩店で揚げピーナツを買うと、私に「食べ終わったら、老多を連れて帰れ」と言った。帰って一人晩酌をするつもりらしい。

三兄が帰ると老多はやや緊張がほどけたようだった。彼は箸箱からお箸を取って、その端を口に入れ齧りつつ、キョロキョロと店内を見回した。三兄がこの動作を見たら、きっとまた叱るだろう。幸い三兄は帰ってしまったから、張家の老多は好き勝手なことをしていい。私には関係ないことだ。

老多は、料理屋のガラス窓に赤い漆で書かれた字をしげしげと見ていた。絶対読めないと断言できる。私でさえ辛うじて「子《ズー》」「干《ガン》」「醤《ジアン》」しかよめないんだから。店主が老多に麺のゆで汁を持ってきた。老多が私を見たので、私は「タダだよ、飲んでいいよ」と言った。彼は安心して麺のゆで汁を自分の目の前まで引っ張って、ぐびりと一口飲んだが、熱すぎたらしく、また机の真ん中へ押し出した。

「この子は昨日田舎から出てばかりなのに、今日はもう都入りして、俺のこの立派な料理屋に入ったんだ。なにもかも初めて見るものばかりだなあ」店主はそう言って、さらに続けた。「河北というは貧しい所よ。俺らの河南とは比べ物にならない。俺らの河南はな、見渡す限りの大平原に、黄河があって……」

食事中のお客さんが口をはさんだ。「しばしば洪水に見舞われる」

このお客さんは、私と一緒で痛いところを突く。

大根餃子が出されたが、老多はちょっとためらっていた。私は言った。「全部あなたの！熱いうちに食べて！」

老多は餃子を一つ取って口に入れたが、熱すぎて噛みつづけることが出来ず、口の中でゴロゴロ転がしたあとで、やっと目を閉じて飲み込んだ。そして追っかけ引っ掛けに箸を次の餃子に伸ばした。

店主は側でまた言った。「俺ら河南の餃子は大きい。皮は薄くて、中身は肉が多い。河北の子なら食べたことがなかろう。餃子は年中食えないもんだ」

私が注文したラーメンがまだこないうちに、老多の皿の餃子はもうほとんど底を見せていた。店主は、また烙餅《ラオビン》と店主一家の賄い食である河南うま煮を出した。河南うま煮は肉、豆腐、はるさめ、白菜などが入った汁物でけっこうな量があったが、老多はあっという間にきれいに平らげた。

「この子、普段お腹いっぱい食べられていないようだ」と店主は言った。

帰る時、店主は蓮の葉の包みをくれた。新鮮な鶏の腸だ。「ヤーヤーが飼っているカメは、こういうものが好きだ」といった。

００５の代わりに、店主に感謝の意を述べてから、「私の００５は最近とても元気だよ。いつか００５を連れてきて見せてあげる」と告げた。

店主は答えた。「見せてもらわなくてもいいよ」

北宮門から徳和園へ帰る時、老多は私の後ろ遠く離れてついてきた。時々彼が迷子になって帰れなくなったら大変だと思って、私は止まって待たなければならなかった。田舎の子が夜に頤和園で迷子になったら、張おじさんにとっては大いなる災難だ。四大洲という荒涼としているところを通る時、月は雲の中に隠れたり現れたりし、樹の影はゆらゆら揺れ動き、鳥たちはあちこちでけたたましく鳴きわめいた。老多は早歩きになって私の横に並んで歩いた。なんだ、怖くなったのか、弱虫だったのか。

田舎の男の子が、大都会の女の子に負けるんだ。

頤楽殿の裏口の山には百段くらいの階段がある。私は急ぎ足で降りたが、老多も早足で追いかけてきた。私たちは垂花門のところで立ち止まった。私に話しているのか、独り言なのかわからない声音で老多は言った。「餃子は食べたことがある。旧正月の時……」

まさか、「喜楽」の店主が言った「餃子は年中食えないもんだ」という言葉をまだ引きずっていたなんて。

厄介なことはまだある。

夜、寝る時、老多は服を脱がない。三兄と同じ炕には上らないで、ただひたすら地面にしゃがんでいる。三兄もどうしようもなく、張おじさんに相談してみようと思ったらしいが、新婚の張おじさん夫婦はもう電気を消して寝てしまっていた。三兄は腕組みして、部屋の真ん中に立ち、地面にうずくまる老多を見て首を横に振った。「俺は明日も出勤に行かなくちゃいけないんだ。もう真夜中なのに、寝させてもらえないなんて、一体どういうことだよ」

私は布団の中でくすくすと笑ってしまった。いい気味だ。三兄、いつもの「しきたり」はどうしたの？私がこんなことをしたら、三兄はこんな優しい顔をしていられるもんか。三兄は私の笑い声を聞いて言った。「このネズミめ、他人の不幸を見て喜ぶな。見せしめにしてやるぞ、気を付けろ！」

私はぱっと頭を布団の中に入れた。

三兄は家を出て、夜更けに宿直のところへ行って折りたたみ式ベッドを借りてくると、炕のそばに立ててそこに老多を寝させようとした。老多はまた自分でそのベッドを炕から遠く離れた窓側まで引いて行って、三兄の側で寝ようとしなかった。電灯が付いている間は、老多は服を脱がなかった。電灯が消されると、素早く服を脱いで布団に入った。彼は下着もなにも着ていなくて、裸のまま、まるでドジョウのようだった。道理で、三兄と一緒に炕で寝たがらないわけだ。

見知らぬ人がいるから、私はよく寝られなかった。炕のカーテンを開けて、月の光を借りて奥の間を覗いて、びっくりした。老多は寝ずに、ぼんやりベッドに座っていた。月光の下で彼の大きくない両目が明るく光っていた。

宋おばあちゃんから聞いた頤和園のお話の中に、たくさんお化けの話があったことを思いだした。真夜中でも寝ない老多についていろいろ考えていているうち、こいつの夜中の怪しい様子を明日全部三兄に知らせようと思った。

その夜は意外に静かだった。ネズミ兄さんの一家も全然なんの音も立てないし、005も素焼きの鉢にじっといてしぶきも噴き上げない。みんな何かに押さえつけられているようだった。

この田舎から来た老多はいったい何者なんだろう。

午前中、三兄の言いつけ通り老多に頤和園の案内をしてから、昼一緒に食堂へ行って食事することにした。

午前は大舞台、知春亭、昆明湖、午後は諧趣園、玉瀾堂などに連れて行った。

頤和園内の舞台、湖水、花、草、樹木などに、老多は全く興味がないらしく、もっぱら建物の屋根を見つめていた。頤和園の建物の屋根はみんな黄色い瑠璃瓦か灰色の瓦で、面白くもなければじっと見る価値もない。何で老多はそんなに興味深く見ているんだろう。老多は無口な子供で、何を考えているか、全然わからない。とにかく頤和園の中でいくべきところを一通り案内してやれば、三兄に頼まれたことは完了だ。

限りある知識の中で、私はできるだけ老多に説明してやった。皇帝さまが釣りをするところ、光緒帝が軟禁されたところ、龍王さまの出入口である延年井、耶律楚材《やりつそざい》の祠堂、十二干支に対応する排雲殿前の太湖石などなど。それから長廊の北側にあるいくつかの庭には狐のお化けがいるから入ってはいけないこと、十七孔橋の銅牛が夜更けになったら水泳に行くこと、北宮門外にはお店がいくつかあって、日常生活の買い物にはその辺に行かなきゃいけないことなどなど。

老多は聞いているのかいないのか、私に付いてきてはいるけれども、私の案内と説明には明らかに興味がなさそうだった。これは私のプライドを傷つけた。頤和園をこんなに詳しく案内できる、こんなに立派で優秀なガイドさんは世界中探したって私以外にいないのに。

お昼に、老多を連れて職員食堂へいった。老多の食事の量は私の何倍にもなる。私ならご飯を一杯でよいが、彼は四杯でなければならない。それに彼はご飯だけでおかずは食べない。食券はもちろん張おじさんが出すのだが。張おじさんの話によれば、彼らの故郷は山地だから、稲を育てられない。稲が育てられないということは、そこにはお米が全くないということだ。この頤和園で白いご飯を食べられることは、老多にとっては生まれて初めての記念すべきことに違いない。

とにかく私は老多のことが好きではない。彼の朴訥で無口な性格が嫌だ。まったく張おじさんの結婚式のあの金貨チョコがなければ、阿呆みたいな彼を連れて頤和園の案内をしてやるもんか。

まったく時間の無駄だ。

老多はしょっちゅう真夜中寝ないで、自分のベッドでぼんやり座っている。いったいどういうことなのか知りたいと思っているけれど、結局、彼より先に眠ってしまう。朝、私はなかなか起きられなくて、ネズミ兄さん一家が騒ぎたてるので目が覚める。ネズミ兄さんの初々しい花嫁だった彼女はすでに正真正銘のネズミ叔母さんになってしまった。何回か子ネズミを産んでずいぶん太くなってしまって、性格も勝手気ままになってしまった。花嫁の美しさや、優美なおとなしさがきれいさっぱり消えてしまい、ネズミ兄さんよりも男っぽくなってきた。昼夜を問わず毎日、私のベッドを駆け巡っている。今私の寝どころのネズミの糞はお菓子の滓よりずっと多い。私の宝物である三枚の金貨チョコは、最初に包み紙が齧りやぶられ、続いて芯の一部が齧られて、最後には全部なくなってしまった。

私はネズミのことがだんだん嫌いになってきた。けれども北宮門外滷煮火焼屋の王五さんの末路を思うと、彼らの恨みを買いたくもなかった。もし三兄がこれで仕事を辞めさせられたら、私の罪はきわめて大きい。

私が毎日早起きしないことは、老多にとっては都合が悪かった。三兄の話によれば、毎朝、ぼんやりと明るくなるや否や、老多はもう起きてきて、三兄や張おじさんたちが出勤に行くまで、二三時間ぼうっと庭に立って、ずっと建物の屋根を見ている。三兄の恋愛事情は最近うまく行っていなくて、ダイエットも早朝のランニングも辞めてしまった。張おじさんが出した生活費と職員食堂の食券は私が保管しているから、私が起きなければ、老多はいくらお腹が空いても、朝食を食べられない。三兄は言った。「老多は性格がいいから、ネズミヤーヤーが遅くても待っててくれるんだ。俺だったら、炕のカーテンを破って布団から引きずり出してやるのに」

私は老多が夜中様子がおかしいと三兄にもう一度強調した。「老多はたぶん何かのお化けだよ。たとえばイタチとかのさ。眠ったら元の姿に戻るから、寝るのを恐れて、毎晩そこに座っているんだよ」

「あれこれうるさいやつだな。お化けになりそうなのはそっちのほうだろう。知らないほうが良いことはいっぱいあるんだ。それより、お前が飼っているあのカメ、毎晩鉢から出てきて部屋中這いずって、うるさいったらない」

老多が夜寝ないことは、三兄も知っているようだったが、彼らは何か私に隠し事をしているようで、逆に005の話題を振ってきた。

もういい！そのうちわかるんだから。

ある日とうとう秘密が明らかになった。

朝、老多を連れて焼餅を買いに北宮門外へ行こうとしたら、庭の物干し台に老多の敷布団が掛けてあった。私がまじまじとそれを見つめていると、老多は恥ずかしそうに顔を真っ赤にした。私は性格があまり良くないので、わざと尋ねた。

「あれえ、敷布団がどうして濡れてるの?カメさんがやったのかなあ?」

老多は言った。「お漏らししたんだ」

「誰が?」

「俺」

バカみたいに素直な老多に向き合うと、かえって何も言えなくなった。老多がなぜ夜いつも寝ようとしないのかもわかった。お漏らしを避けたかったのだ。そして結局してしまったのだ。

このように面目が立たないことは、プライバシーに関わることで、本来黙っておくべきことだが、ここで私の性格の悪さがまた現れた。三十分も経たないうちに、私は老多が漏らしたことを宋おばあちゃんに話した。

宋おばあちゃんは言った。

「可哀そうにねえ、この子は、毎晩よく寝られないんだね。これは病気で、恥ずかしいことなんかじゃないよ!」

宋おばあちゃんと比べると、私はずっと心が狭く見える。

宋おじいちゃんは言った。

「この病気は、子供時代だけのもので、おとなになったら自然に治るんだ。大したことないさ」

あきらかにこれは老多を安心させるために言ったのだ。老多はこれを聞くと、頭を少し上げて、顔もそれほど赤くなくなった。

いつのまにか入ってきていた李さんが、お漏らしの話を聞いて、小声で老多に言った。

「多《ドゥオ》ちゃん、おじさんの秘密を一つ教えてやろう」

李さんは何を話そうというのだろう。私は耳を立てて、細大漏らさず聞こうとした。

李さんは老多を自分の前に引きよせ、ささやいた。「あのね、おじさんも子供の時お漏らしをしたんだ……」老多は気まじめに李さんを見つめている。李さんは続けた。「たいしたことじゃない。おじさんは治す方法を知っている……」

李さんはいつももったいぶって、なかなか話さないのだ。案の定、李さんは口を噤んだ。老多は続きを聞きたいらしく、ちゃんと待っている。

李さんは私を一瞥した。「……だけどね、教えるのにはちょっと条件があって」

私は声を上げた。「李さん、うちのカメをスープにするっていうなら、やめてよ！」

李さんは喚いた。

「カメスープなんて言ったか？言ったか？」

宋おばあちゃんは李さんに言った。

「早く言いなさい。子供をからかうもんじゃないよ。このねずみっこは冗談が通じるタイプじゃないってわからないの？」

李さんは言った。

「今日明日天気がいいうちに、家の前にある百キロの粉石炭で、二人に豆炭を作ってもらおう。オーケーしてくれるなら治療方法を教えてやるよ」

宋おばあちゃんは「ぷはっ」と笑った。「それだけ？率直に言えばいいのに」

私がまだ何も言わないうちに、老多は「やる」と言った。老多の五番目の叔父さんは定興県の豆炭を作る専門の店をやっていて、彼も実際作ったことがあるのだという。老多は定興の方言を話すので、「揺煤球児的《ヤオメイチウアルドー》（豆炭を作る）」というのを「要煤球児地《ヤオメイチウアルディー》」と発音して、目も急に輝きだした。

約束したので、李さんはすぐにその簡単で簡単ではない、お漏らしの治療方法を開示した。

「焼き蟷螂子[1]だ！」彼は続けた。「一回飲めば、絶対効く」

カマキリは見たことがある。老多も見たことがあると言った。青緑色で、二本の大きな「刀」

（1）カマキリの卵。漢方薬では「桑螵蛸《そうひょうしょう》」という。頻尿・夜尿・尿失禁に用いる。

を振って、細い腕に細い脚、三角形の頭に、細い翼、いつも草葉に停まっている。北京の子はふつうそれを「刀螂《ダオラン》」と呼んでいる。

宋おじいちゃんは言った。

「その治療法は私も聞いたことがある。カマキリの卵を探すなら今はちょうどいい時期だねえ。多ちゃん探してみたら。頤和園は広いし、珍しい草や花も多い。小鳥や昆虫もいろんなのがいるから、気をつけて探せば見つかると思うよ」

李さんも教えてくれた。

「カマキリはだいたい木の幹で卵を産むから、木の上を探せばきっと見つかる」

老多は、カマキリはみたことがあるが、病気を治せるのは聞いたことがないと言った。

豆炭を作ることは、私と老多二人で二日間かかった。私が自分の家でやった経験では、粉石炭と水を混ぜ、地面にならし広げ、そこに左官ごてで小さく格子状に線を引いて干す。そして焼く時には、手で割って使う。だけど老多はこのやり方を拒否して、「それはいい加減すぎる」と言った。彼の五番目の叔父さんの豆炭作りは、本当に篩にかけて作るらしく、サイズはほとんど同じくらいで、丸々としているのだという。それに黄土を入れなければならない。そうするとさらい集めた時にかすが落ちないらしい。でも、私たちは篩もないし、黄土もないから、粉石炭に水を入れて、手で丸めるというやり方で作るほかない。私たちは丸めた豆炭を階段に並べて、自然に乾くままにした。

李さんは私たちに義理を欠くようなことはしなかった。働いていると、李さんは私たちにそれぞれ焼餅三つとサンザシのお菓子を一個ずつ買ってくれた。

豆炭の仕事が終わったので、私と老多は、全力を挙げてカマキリの卵を探し始めた。正直、こういう小さなものは、なかなか探しにくいのだ。カマキリの卵どころか、カマキリでさえ、数日でも一匹会えるかどうかなのだ。老多が言うには、カマキリの卵は普通木の幹にあって、人間の爪よりやや大きく硬いもので、灰色、表面を割ると中には麻の種みたいに、数えきれないほど多くの卵が入っているらしい。

だけど、私たちはカマキリの卵を一つも見つけられなかった。


ある日、老多は突然仁寿殿の屋根を指して、私にとても難しい質問をしてきた。

「跳ね上がった軒にうずくまっている小さな生き物の像はなに?」

老多の質問を受けて、私ははじめて気づいた。日々見慣れている頤和園の殿の上に、こんなに沢山のものがあるなんて、なんでずっとぜんぜん気付かなかったんだろう。頤和園のことはなんでも知っていると思っていたのに、まさかこの田舎から来た老多の質問に答えられないなんて、面目丸つぶれだ。

でも知らないものは知らないのだから、嘘をでっち上げてはいけない。

老多は細かく観察していた。彼の話によれば、彼は最初に頤和園に入った時、すでにこのことに気づいていたらしい。七つの小さな像が並んでいる屋根もあれば、五つ並んでいる屋根や三つ並んでいる屋根もある。それに、いくつ並んでいても、一番先に立っているのは、必ず鳳凰に乗った小さな人で、一番後ろは竜の頭だ。私も、老多と一緒にいくつの屋根を見てまわったが、確かに老多の言った通りだった。

小さな像がもっともたくさん並んでいるのは仁寿殿と排雲殿だ。一方、角がない屋根には小さな像がない。例えば私たちが住んでいる家がそうだ。灰色の瓦が下に向いていて、角はなく、雨水が流れる灰色の瓦だけで、小さな像は一つも乗っていない。

当然、最初に質問されたのは三兄だ。

三兄の答えは極めて簡潔だった。「お前ら暇すぎるだろ」

張おじさんにも聞きにいった。

張おじさんの答えも簡潔だった。「何でもいいだろう」

それから李さんにも聞きに行った。なんと言っても、彼のおじいさんは昔頤和園の石工だったのだ。

李さんは言った。「門外漢にはわからないもんだ。じいさんは俺に軒にのっかったもんの話なんてしたことがなかったな。でも、それを知ってる人を、俺は知ってるぞ」

私は言った。

「それもあなたの秘密っていうんでしょ?」

「あったり」

老多は言った。

「また豆炭を丸めろって?」

李さんはもったいぶって、しばらく考えてから言った。

「まあ、君たちとは不本意ながら知り合いだからな、仕方がない。教えよう」

彼の話によればこうだ。頤和園の東南方向に六郎荘という村がある。六郎荘には、李徳厚《リードーホウ》という人がいて、李さんの一族らしい。李徳厚の父親は、清朝の皇宮で赤い頂戴の「走工」で、民国以降は営造社(1)に所属し、もっぱら皇宮の土木工事や左官工事を担当していたのだという。李徳厚はいつも父親と一緒に働いていたから、軒飾りについてきっと良く知っているに違いないという。

「赤い頂戴の『走工』ってどんな官職?」と私は尋ねた。

---

(1) 古建築を担当する建設施工団体。

「頂戴というのは清朝の官僚の帽子、朝帽の天辺にある珠のことだ。赤いルビーのもあれば、青いサファイアのもある。ほかにも珊瑚や、水晶のもある。これは官位ごとに違うんだ。李徳厚の父親は『走工』で、つまり特に腕の良い石工だ。皇帝は彼を重用して、ルビーの珠を与えた。これは名誉としてのもので、それがついた帽子は普段はかぶらずに、自宅で祭るんだ」

「六郎荘って、確か東宮門を出て南の方へ行って、小学校を過ぎたところのあの村だよね」

私はまた聞いた。

「そうだよ。遠くない」李さんは答えた。

実は、私は以前お父さんと行ったことがある。六郎荘にお父さんの同僚の画家がいるのだ。その画家のことはあまり覚えていないが、画家の家の関東糖(1)のことだけはしっかり覚えている。あれはまさに本当の「糖瓜《タングワ》(2)」だった。ころころした小さなかぼちゃみたいで、かわいくて精巧につくられていた。

六郎荘の東には土の丘があって、その丘の頂上には一人ぼっちの木があった。上り路はとても歩きにくかった。お父さんは私の手を引いて言った。

（1）麦芽、もち米製の白飴。
（2）麦芽糖で作ったウリ型の飴。

「ヤーヤー、覚えておくんだぞ。いつか洪水になったら、この木のところに逃げるんだよ。洪水が全て飲み込んでも、この丘だけは飲み込まれないから」

何事もないのに、どうしてお父さんが突然洪水の話をしたのか、ぜんぜんわからないけれど、この話は、今でもはっきり覚えている。

六郎荘へ行くのは私にとっては朝飯前だ。その日は、三兄にも言わずに、朝早く門を出た。老多は抜け目のないもので、前もってタバコの箱の裏に仁寿殿の屋根のいきものを全部描いて、懐に入れた。そして落ちてしまったら大変だと何度も確かめていた。

東宮門を出て道路の南側は頤和園小学校で、子供たちがカバンを背負って学校へ行くところだった。古めかしく優雅なこの小学校には、渡り廻廊があり、宮殿の様な大屋根の建物があり、ひとつひとつ分かれた庭もある。三兄から聞いたのだが、ここはもともと頤和園の一部分で、皇室の外事担当の役所だったらしい。小学校となったのは民国以降のことだ。小学校になってから、時々夜に映画を放映するので、付近の住民はよく観に来て、廻廊にも人が溢れかえる。頤和園の中で映画を放映するのと違って、観ているのはだいたい近くの住民なので、子供が走ったり騒いだり、大人が無駄話や雑談している。時には、北宮門外隠修庵という尼寺の尼僧をも見かける。彼女たちも映画を観にきているのだ。老多はこの小学校のことをとても羨ましがった。老多の話によれば、彼が通っていた初等小学校の校舎は関帝廟だったそうだ。全部で二部屋しかなく、一つは教員宿舎で、もう一つは教室になっている。教員は一人だけで、その教室で一年生の授業を終えると二年生、二年生の授業を終えると三年生に教えるという具合だ。老多はこうも言った。「勉強するならやっぱり北京でなくちゃだめだな。こんな綺麗な学校で勉強できたら、絶対によくできるようになると思う」

それを聞いて私は言った。

「じゃ、張おじさんに言いなよ。これから北京に来てこの小学校に通うって」

「それは無理だと思う。北京に来てどこに住む？」

「うちに泊まったらいいよ」

小学校の奥手から南へ向かうと、もう六郎荘の土地だ。

六郎荘はとても荒涼としていて、道を行き来する人もいない。樹の上には大きなカラスがいて、その小さな頭を斜めにして横目で私たちを品定めしている。頤和園あたりのカラスは、よく人をいじめる。特に子供をいじめるのが好きなのだ。彼らは私の手から食べ物を奪う時もある。後ろから低く「シュッ」と飛んできて、手に持っていた饅頭《マントウ》を銜えて行くのだ。全く私など眼中にないという様子で。六郎荘の東にある小さな丘はまだそのままだったが、木はなくなっていた。多くの古い家屋は倒れてしまっていて、いたるところ途切れた壁や崩れ残った垣根だらけだ。古臭い灰色のレンガや、しゃれた窓格子が生い茂る雑草の上に散らばっている。崩れた塀や壁には白い丸が描かれているものもある。老多が「これはオオカミよけだ」と教えてくれた。田舎にはオオカミが多いが、壁に白い丸を描くと、オオカミは近寄らないのだという。「なぜオオカミは白い丸を恐れるの」と私は聞いた。

「オオカミはそれを落とし穴だと思うんだ。落ちたら出てこられないから怖がるんだよ。オオカミはね、ほんとに抜け目がなくてずる賢いんだ」

ネズミ兄さんは非常にずる賢いと思っていたが、オオカミはそれ以上にずる賢いとは知らなかった。これからは絶対かかわらないようにしなきゃ。

「こういう白い丸が描かれているところでは、絶対オオカミがいる。気を付けた方がいいよ。俺たちの村に果樹園があって、あるオオカミがよく果物を盗み食いしに来てたんだ。父ちゃんは引き網をつけてそのオオカミを捕まえた。そのオオカミは歯をむき出して口をゆがめて、凶悪な形相をしていて、だれも近づくことができなかった。父ちゃんは三四日対峙したけど、結局仕方なくシャベルで叩いて死なせた。その皮を母ちゃんが俺の敷布団にしたんだ。オオカミの皮の敷き布団、防湿機能が抜群なんだ」

老多の話を聞いたら、心細くなってきて、私は生い茂る樹木の間や、破れて残った壁の後ろをきょろきょろ見回した。オオカミが隠れているんじゃない?色鮮やかな景色と観光客で賑やかな頤和園の近くにもオオカミがいるなんて、これまでまったく考えたことがなかった。

これはお父さんが言った「壁の内と外ではまったくの別世界」というやつだろう。

私がオオカミを怖がっているのを見て、老多は言った。「大丈夫。オオカミは昼間には出てこないもんだよ。結局は人間が怖いんだ」

道で下肥を集める年寄りに会った。彼は黒色の合わせの上着を羽織り、麦わら帽子を被って、糞を入れるかごを背負っていた。「この村に李徳厚という人はいる？」と私たちが聞くと、彼は私たちに見向きもせず「いない」ときっぱり答えた。

私と老多は忽ち狼狽した。

老人は糞を拾うフォークで老多を指して言った。

「この礼儀作法がまったく分からないやつめ、人に尋ねるのに、挨拶もなしか。ましてわしのような年かさの人間に」

私は急いで「おじいさん、おじいさん」と呼んで挨拶した。老人は「今ごろ呼んでなんだっていうんだ？さっき挨拶すりゃあよかったんだ。もう遅い」

私の顔は恥ずかしさで真っ赤になった。ふだんよく三兄に皮肉やイヤミを言われているから、面の皮も厚くずうずうしくなっていると思っていたけれど、よその人に言われると、恥ずかしくて死にそうだ。

一方、老多は意固地だった。「いったいいるの？いないの？」

老人は一字一句はっきり言った。「この野郎、教えてやろう、いない！いないったらいない！」

老多は言った。

「一人にだけ聞いたってダメだ。ほかの人にも聞かなきゃ」

「十人聞いてもいないものはいないんだ！」老人は言った。

私と老多はまた村の方へ向かった。

犬が吠えていた。凶暴で、すぐでも飛びかかってきそうだ。私はびくびく老多の背後に隠れ、歩く勇気をなくした。老多はさすが田舎の子で、腰を屈めて石を拾う様子を見せると、その犬はすぐに引き下がった。わたしたちを睨み、喉をグルグル鳴らす。負けたくないのだ。老多は私の手を引き、早足で歩いた。私が走ろうとしたら、老多に止められた。「走ったらダメだ。走ったら追いかけてくるし、追いついたら噛まれる」

私は走るのをやめて、振り返って見た。犬はまだ私たちに向かって吠えている。

「こりゃまさに犬のネズミ捕りだ。ネズミ捕りは犬じゃなくて猫の仕事、つまり余計なお世話ってやつ」

老多は私の名前をネタに冗談を言っている。

私たちは稲田を曲がった。田んぼの周りには柳の木が数本植わっている。そこに小さな敷地があった。扉は半分開いていた。周囲の塀は半分倒れていて、庭には棗の木があった。枝には棗がたくさん実っていたが、まだ赤くなっていない。木の下に何着か服が干されている。何羽かの鶏が庭の入口で餌を捜していた。私が聞きにいこうとすると、老多に止められた。「犬に注意して！」

老多は教えてくれた。人を噛む犬は普段吠えない、吠えない犬こそ一番気をつけなきゃならないんだ。

私はいくつか煉瓦を踏んで塀に登り、庭の中をキョロキョロ見回した。老多は例の定興方言で呼ばわった。「誰かいないのか？」

犬は出てこなかったが、十歳くらいの男の子が出てきた。手にはパチンコを持っている。「棗泥棒がまた来たぞ！」と言いながら、パチンコで泥弾を飛ばした。泥弾はちょうど私のおでこに当たった。

痛い！私は「わぁっ」と大声で泣いてしまった。

二つ目の泥弾がまだ飛ばされないうちに、老多は私を引いて駆け出した。後ろから「シュッシュッ」と飛んできた泥弾が私たちの背中に当たった。私たち二人は止まれずに、一気に小学校の校門まで走ってくると、そこでやっと立ち止まった。

私の額には巨大なこぶができていた。こぶの周りは真っ赤で、真ん中だけ白っぽく光っている。老多は震え上がって、しきりにつばを吐いてこぶに塗ったが、みるみる大きくなった。老多は道端の細かい土をひとつかみし、それを塗ろうとしてきたが、私は断った。私はおでこを抱えて、泣きながら道路の向かい側にある医務所へいって、三兄の彼女を呼んだ。三兄の彼女である女医さんはわたしのこぶを丁寧に見て言った。「骨には問題ない。ただの表皮挫傷ね」

私は薬を塗って包帯を巻くようにお願いしたが、女医さんは「出血もないのに、巻く必要ないでしょ」と言った。

私は彼女の冷たい態度が不満だったので、「痛い」と大声で叫んで、周りの人々の注意を引こうとした。

女医さんはため息をついた。「わかった、降参よ。強情なネズミね！言う通りにしてあげる、どうして欲しいの？」

「赤チンを塗って、包帯を巻いて」

去年、私が昆明湖畔の銅の牛から落ちて、腕を骨折したときそう治療してもらったのだ。腕に包帯を巻いて三角巾で吊るすなんてかっこいい。今回は頭だけど、あんなふうに頭を包帯で巻いたらきっともっとかっこいいだろう。

「包帯を巻く必要なんてない。赤チンを塗ったら、頤和園へ行って、お兄さんにペロペロキャンデーでも買ってもらいなさい。それを食べたらすぐ治るよ」

女医さんに赤チンを塗ってもらっている時、ちょっと動いてしまったので、おでこに赤チンの細い線が引かれてしまった。まるで誰かがうっかりネズミの絵を描いたみたいで、ちょっと具合が良くない。

私は額に赤いネズミの絵を載せて、頤和園東宮門に入った。長廊に入ると、人目を引くし悲壮だ。むこうからたくさんの観光客が歩いてきて、私のおでこを目にしたが、ただ笑うだけで、同情してくれる人は一人もいなかった。老多は人目を引くのを嫌がって、私と距離をとった。彼はここへ来るまでにすでに気づいていたのだ。私が泣いているのは、痛みや傷とまったく無関係で、ただのパフォーマンスだということを。

三兄の仕事場に近づくと、私は号泣し始めた。涙まで湧き出てきた。この深刻な「怪我」を三兄に見てもらわないといけないんだ。だって私に構わなかった三兄のせいでもあるもの。

三兄と彼の同僚は私の姿を見て、これは大変なことだ、李さんの責任を問わなければならないと考えた。それで三兄は私を連れ、北宮門を出て、李さんの酒屋へ行った。

三兄は李さんに言った。「見ろよ。全部あんたがそそのかすからだ。大人しく頤和園の中にいればよかったのに、六郎荘になんて行こうとするから！女の子だ、これで顔に傷を残したら、責任重大だ。俺も責任を負えないし、あんたも負えないだろう。それに、パチンコがもう少し下を狙っていたら目に命中していたぞ。考えるだけでも恐ろしい！」

老多はずっと傍に立って一言も口にしなかった。そもそも、これは彼が招いたことだった。屋根の上の小さな動物のために出かけなければ、このネズミヤーヤーの私も怪我せずに済んだのだ。

李さんは私が述べたいきさつを聞いて言った。

「一目で誰がやったのかわかった。あの家の人間はみんな世間知らずなんだ」

そしてその内に決着をつける、謝って弁償してもらう、と三兄と約束した。私は「どう弁償してくれるの」と聞いてみた。

「少なくとも新米十キロは出してもらう」と李さんは言った。六郎荘の稲は北京辺りで唯一の名高いもので、これまで皇室にしか献上してないのだ。

一つのこぶで十キロのお米と交換できるのか。これはいったい損なのか、得なのか、私は懸命に考えていた。

それから、李さんは三兄と青龍橋街道の建て増しの話をした。北宮門外のこの町は大きく変わるだろう、道路に面している店舗はぜんぶ取り壊さなくてはいけないらしい。自分の酒屋はもちろん真っ先に、宋さんの焼餅屋も、料理屋喜楽もみんなそうなるだろう……

三兄は言った。「道路両側の槐は大丈夫だろう、みんな年代物だから」

「是非そうあってもらいたい」李さんは言った。

最後に、李さんは一本のお酒を取り出して三兄にあげた。七十二度の山東のお酒で、すでに長年貯蔵していて売るのが惜しいと思っているそうだ。それを持って帰って、火をつけて、その炎の熱を借りて腫れたところを揉めば、鬱血や腫れが取れるという。三兄は言った。「火をつける必要はない。これは氷を使わないと。冷やさないといけないんだ。氷はあるか？」

「ない。今は氷の時期じゃない。立秋を過ぎたばかりで、昆明湖の水はまだ凍っていない」

夕食後、張おじさんがアイスキャンデーを十本持ってきた。これは東宮門外の冷たい飲み物を売る屋台に取り置いてもらったもので、これで頭を冷やそうというのだ。老多が、私がパチンコで撃たれてけがをしたと話したから、張おじさんは申し訳なく思って、アイスキャンデーを買ったのだ。

アイスキャンデーは小豆のが五本と、サンザシのが五本で、どっちも私の大好物だ。結局どれも額の冷湿布にはならず、お腹の冷湿布になってしまった。五本目のアイスキャンデーを口に入れようとした時、三兄に取られてしまった。「そろそろいいだろ。一気に何本食べた？腫れ物が十個あったとしたってこの食べ方はないぞ。もう最初からこうなるのはわかってたんだ」

残りのアイスキャンデーはみんな三兄に食べられてしまった。小豆の四本とサンザシ味の一本。私は美味しいものを最後に残しておく習慣があるのだ。小豆は一本五分、サンザシのは一本三分。だから三兄が得をした。私は「もう最初からこうなるのがわかってたんだ」と不満をこぼした。

三兄は私にウインクをした。

翌日、李さんは私と老多を連れて、六郎荘へ「決着」を付けに行くことにした。李さんは三兄のところから自転車を借り、老多を後ろの荷台に乗せ、私をサドル前のフレームの所に乗せて、ゆらゆらと六郎荘へ向かった。なぜ三兄から自転車を借りたかと言うと、老多の分析によれば、一つは見栄えのため、見せびらかすためで、もう一つは速く逃げるためだ。万が一、あの男の子がまたパチンコを撃ってきたら、私たちを放って彼一人で自転車に乗って逃げられるからだ。

私たちを連れて六郎荘内を巡り、李さんはたやすく先日の棗の木のところに着いた。あいさつもせずに、扉を開けて中に入っていく。あれ、庭に犬がいないじゃない。

私と老多は李さんのすぐ後ろについて、カーテンを開けて家に入った。家の中はかなり暗くて、発酵させた漬物のにおいが充満している。お年寄りが一人、炕の上の卓袱台前にあぐらをかいて座っている。懐に猫を抱いて、その猫を撫でながら、ゆらゆらと揺すって寝かしつけている。猫は頭を老人の腕に押し付けて目を閉じ、おとなしくごろごろと喉を鳴らしていた。

よくよく見ると、この老人、見覚えがあるような気がする。あ！最初この六郎荘に来た時、路上で会ったあの下肥集めの年寄りじゃないか！なんだか窮屈でたまらない気持ちになってきた。

李さんは「おじさん」と老人を呼んだが、老人は冷たくあしらって、李さんの背後にいる私と老多を見ようともしなかった。李さんはどこからかお酒を一本出して、老人に渡して言った。

「これはいいお酒ですよ、わざわざおじさんのために取っておいたんです」

老人はさげすみの表情で「フン」と鼻を鳴らした。「どうせまた安いイモ焼酎の水割りだろう」

「とんでもない。『衡水老白干《ホンシュワイラオバイガン》』という銘酒で、まだ未開封です」

ここでようやく老人はお酒の瓶を丁寧に見て、とげとげしい顔つきを少し和らげた。その間、先日の男の子が入り口に一瞬顔を出したが、すぐに行ってしまった。しばらくすると老婦人が入ってきた。

李さんは「叔母さん」とあいさつした。おばさんは私の手を取って、「なんて可愛い子なんだい。この顔立ち、みんなに愛される顔だね」と懸命に褒めてくれた。

どこが可愛いだって？この派手な顔は、いろんな家の子供を怖がらせて、泣かせることができるんだと心の中で思った。おばさんは私を窓側の明るいところまで引いて行って、私の額の傷を見た。実はおでこの腫れはすでに引いていたけれど、私はまた腫れあがることを切望していた。おばさんは何も言わず、炕のかまどへ行くと、火をつけて湯を沸かし始めた。薪を何本かかまどへ入れて、ふいごで風をふうふうと送ると、かまどの火が明るくなったり暗くなったりした。

李さんは私がパチンコで撃たれたことを言うのだろうと思ったが、老多を老人の前に押し出して、屋根の上の小さな像のことを教えてほしいと言った。

なんとこの老人は李徳厚その人で、赤い頂戴の「走工」のご子息だったのだ。

老多は興奮して、屋根の上のいきものを描いたタバコの箱をとりだすと、卓袱台の上で皺を伸ばして老人の目の前に広げて見せた。

老人は老多の描いたものを丁寧に見ながら、いきものの数を何度も数えて、そして言った。

「お前の脊獣、三つ欠けてるぞ」

「これは仁寿殿の屋根のを描いたんだ」と老多。

老人――李徳厚さんは老多に言った。「炕に上がれ。詳しく話してやろう。これがわからないと、一生台無しだ」

老多は靴を脱いで炕に上がった。室内の空気には、漬けもののにおいのほかに濃厚な足のにおいが混じった。

李徳厚さんは裁縫箱から鉛筆を探し出し、老多が描いた図にちょっと手を加えた。すると絵は緻密で生き生きとしたものになった。

「屋根の上の獣は、必ず奇数だ。一、三、五、七、九体。偶数になってはいけない。覚えたか？」

老多は頷いた。「はい。覚えました」

李徳厚さんは続けた。「故宮太和殿のランクはもっとも高いから、脊獣は十一個もある。ほかは順番に少なくなる。全国すべての脊獣は、どれだけ多くとも十一個より多いことはない。太和殿より上なんてあり得ないからな。仁寿殿は頤和園の中ではランクが一番高いが、それでも七個しかない。数に関して規定があるんだ。規定を超えると僭越となる。僭越ってわかるか？」

老多はかぶりを振った。

「僭越とはルール違反のことだ。大失敬だ、謀反だ。首を刎ねられるんだ。しっかり聞けよ、この中にも大いに学問があって、絶対間違えてはいけない。屋根の上の小獣は適当に並べてあるのではない。それぞれ名前があって、順番もあって、順序を守らなくてはいけないんだ。いいか、しっかり覚えなさい！一龍二鳳凰三獅子、天馬海馬、六は狻猊《さんげい》、そして狎魚児《こうぎょじ》、獬《かい》豸《ち》、九は斗牛《とぎゅう》、最後の行什《ぎょうじゅう》は猿に似ている。わかったか？」

老多は完全にわからなくなって、頭を振ることすらできなくなった。

李徳厚さんは言った。

「分からないだろう。これは先祖から伝わってきたものなんだ。わしの父親に教わったものだ。古代建築をやるものには最も基礎的な常識だ」

老多は愛想笑いをしながら「おじいさん」と呼んで、もう少し詳しい説明をしてくれないかと頼んだ。老多が愛想笑いをするところは初めて見た。この田舎から来た強情な男の子がまさかこんなに人にペコペコできるなんて思わなかった。

「おじいさん」と呼ばれて、李徳厚さんはだいぶ機嫌が良くなってきたようだった。鉛筆で全ての屋根の上の像の上に名前を書いて、言った。

「一番前にあるのは特別で、数に入れない。それは仙人が道を示してくれている『仙人指《シエンレンジー》路《ルー》』といい、鳳凰に乗った男の像がいつも一番前に置かれている。この男は誰か知っているか？」

老多どころか私でさえ、この男が誰なのかなんて知らなかった。たぶんお父さんも知らないし、三兄も当然知らない。私は老人に近づいた。この屋根の一番前で風に吹かれるはめになった運の悪い奴はいったい誰だか知りたい。

李徳厚さんは鳳凰に乗った人のそばを鉛筆で小突いた。「この人は斉の湣王だ。ある戦争で、河辺に追いこまれた。川を渡ろうと思ったが渡れない。見る見る追撃の敵が迫ってきて……」

私は続けた。「刀を抜いて首を切って自殺する。『覇王別姫』という芝居で言ってたよ。楚の覇王はそういうふうに亡くなったって」

老人は私をにらみつけ、鉛筆で鳳凰に乗っている人の上を強く突いた。彼の鉛筆は平たく薄く、太くて黒かった。後でわかったのだが、それは大工さん用の木材に線を引く鉛筆だった。「……万事休すとなった時、空中から大きな鳳凰が飛んできた。斉の湣王はその鳳凰に乗って川を渡り、九死に一生を得た」

そして私の方に向かって言った。「その『刀を抜いて首を切る』なんてのは陳腐な話だ。斉の湣王は神に守られている。彼は鳳凰に乗って、道を示してくれる。つまりこれはすべて順風満帆という意味なんだ」

続いて李徳厚さんは屋根の上の小獣についてひとつひとつ話してくれた。一龍は、皇帝を表し、本物の龍の象徴。二鳳凰は、皇后を表すもので、高貴で徳があるということ。三獅子は、勇ましく意気盛んで、天上天下唯我独尊ということ。四天馬は、心のままに行き来して、領土開拓や、国運昌盛を表す。五海馬は広々とした海洋を駆け巡り、自由自在であるということ。六狻猊は煙を飲むのが得意な獣で、どこかで火事が起こってもその煙を飲んでしまうから、平穏無事の象徴。七狎魚児は海のもので、水に関することを司る。防火の守りだ。八獬豸は公平さの象徴で、他人にへつらわないということを表す。九斗牛は魔除け、吉兆瑞祥の象徴。十行什とは、鳥のくちばしに金剛杵という仏教の法具を持っている雷神をかたどったもの。これは防雷の守りだ。李徳厚さんは言った。「いくつあるか関係なく、一番最後は必ず『截獣《ジエショウ》』だ。いちばん大きい像で、堂々と威張っている。『截住《ジエジュー》』とも呼ばれて、これで終わる。屋根の上の神獣はほとんど吉兆瑞祥、防水防火防雷のものだ。宮殿のような建物が何をもっとも恐れるかと言ったら、落雷火事だろう。これらの神獣に宮殿のことを守ってもらおうというのは、我々人間共通の思いでもあるんじゃないか」

李徳厚さんの学識には敬服せざるを得ない。さすがルビーの玉のある帽子を被っていた人を先祖に持つだけある！頤和園内にあるものには全て、物語があるなんて。今まで何回も行ったり来たりしたことがあったが、屋根の上のものには気づいたことがなかった。今回、老多が気づかなかったら、私は一生このことを知らなかっただろう。今まで馬鹿みたいにただ食べたり遊んだりしてきたが、もう子供じゃないから、はっきり覚えておかなきゃいけない。これからは、何をするにもよく考えなくちゃ。そう思ったら、李徳厚老人に対する印象も大分変ってきた。この老人は短気な性格だが、立派な才能を持っているのだ。才能のある人はだいたい性格が悪い。

おばさんが落とし卵を二碗持ってきた。私と老多、一人で三つ。私たちは気持ちよく食べさせてもらった。とても甘かったから、おばさんがお砂糖をたくさん入れてくれたのだろう。真心をこめてもてなしてくれたに違いない。最初から最後まで、李さんはパチンコを撃ったことについて一言も触れなかったけれど、向こうは最初からわかっていたようだ。屋根の上の獣についての説明も、落とし卵も、明らかに言葉にしない謝罪の意が込められていた。北京の人はこのように含蓄的に気持ちを表すことで、お互い気まずい場面を避けようとすることがある。これもひとつの礼儀作法なのだ。

李徳厚さんの家を離れる時、先日の男の子が木の下に立っていた。私を見るときまり悪そうに俯いた。李さんの思った通り、おばさんは十キロくらいのお米を李さんの自転車の荷台に置いた。これは三兄へのお土産で、三兄にも今年の新米を味わってもらいたいとのことだ。

私は足を止めて、じっと木の幹を見た。李さんは後ろから私を押して「はやくいけ」と促しているが、私は一本の枝を指して老多を呼んだ。腕の太さくらいの枝に明らかになにやら褐色のものがくっ付いていた。老多は興奮して叫んだ。「カマキリの卵だ！」

李さんは言った。「本当だ！」

カマキリの卵はかなり高いところにあって、誰も手が届かなかった。結局先日の男の子が木をよじ登って、そのカマキリの卵を取ってきてくれた。老多はそれを丁寧に収めて満足そうに私に笑みを向けた。

帰り道、李さんは先に自転車で帰って行った。私と老多は歩いて村の真武廟を通る時、申し合わせたかのように二人とも立ち止まり、頭をあげて屋根の上の獣を見た。

「五つだ」私が言うと、老多が返した。

「三つだよ。最初の『仙人指路』と最後の『截獣』を除けば、三つ。一龍二鳳凰三獅子だ」

お寺の屋根の上の小さな像は傷んで古ぼけている。だけどその獣はまるで生きているかのように真に迫っていて、高いところに立って私たちを見下ろし、挨拶をしているようだった。鳳凰に乗った斉の滑王は高い髷を結んで、重々しい顔つきをしている。ゆったりとした服と広がる袖も見事に王者の風格を示している。獅子は少し口を開き、今にも驚天動地の叫び声を上げそうだ。鳳凰は頭を擡げて屹立し、しっぽを広げて美しい姿態で龍の後ろについている……崩れ倒れそうな、寂れたお寺だけど、私たちの目の中では十分に意味を持っていた。違う角度で見ることができるって、本当に素敵だね。

何日かして老多は故郷へ帰ることになった。三兄は李徳厚老人からいただいた新米を老多に持って帰らせることにした。お米を作れない河北の農村では貴重なものかもしれない。私は005を連れて東宮門のバス停まで見送りに行った。老多は合皮のジャンパーを着て、偉そうな様子をしているようだったけれど、首辺りにじっとり汗が滲んでいた。この合皮のジャンパーは例のインドネシア華僑の花嫁である叔母さんが東安デパートで買ってくれたものだが、老多には居心地が悪いようだった。元の中国風前合わせの青い上着の方がずっと快適だろう。私はお父さんからもらった白い紙を残らず全部老多にあげた。老多はその紙に頤和園で見たものや考えたことを全部描いた。四大部洲瑠璃塔の銅鈴、十七孔橋の獅子、玉帯橋の階段、景福閣の窓格子……老多は頤和園の細部をみんな華北の農村へ持って帰ったのだ。

田舎から来た老多から私はたくさんのことを学んだ。丹念にすること、とことん追求すること、よく考えて、よく尋ねること。それから、自分にもわからないことがまだたくさんあることが分かった。

あのカマキリの卵は効くのだろうか?老多のおねしょは治ったかな?

南方の少女、梅子さん

年が明ければ梅子《メイズ》さんは十五歳になる。十五歳ならもうりっぱな乙女だ、子供じゃない。

梅子さんとそのお母さんは端午の節句を過ぎた頃、頤和園に来たのだ。彼女たちは前門の北京駅から、三輪自転車の運転手を雇って東宮門まで移動した。お父さんと三兄が駅まで迎えに行き、彼女たちを連れ帰ってきたのだけれど、その時三輪自転車を盛大に三台も使って移動してきたものだから、まるで親戚訪問ではなくて引っ越しみたいだった。彼女たちは南方で使う赤いペンキで塗られた金泥装飾の木製便器まで持ってきた。こちらの、しゃがんで用を足す便所を使い慣れていないからだ。南方は北方と違う。北方はしゃがんで用を足すが、南方ではその綺麗な桶を使ってするらしい。そんなこと、私はその時はじめて知った。

梅子さんの苗字は張《ジャン》で、三兄の母方の従妹だ。梅子さんのお母さんは三兄の叔母さんで、お父さんの亡くなった前妻の妹だ。この家はふだん私たちの家と行き来がなかったが、今回どうしたことか、不意に私たちの家を思い出して、この初夏の北京にやって来たのだった。

彼女たちは三兄のお母さんの親戚で、私とは何の関係もない。そして、彼女が市内の家に行かずに、直接三兄のところ、この頤和園に来たのは、私のお母さんとの直接対面を避けるためだろう。なんと言っても、父の亡くなった奥さんの親戚なので、後妻である私のお母さんに会ったら少し気詰まりかもしれない。

私のお父さんが言うには、梅子お嬢さんとお母さんは梅雨期を避けるため北京に来たらしい。南方の梅雨は非常に煩わしいもので、ここに梅雨明けまでいたいのだ。梅子お嬢さんは体が弱くて、湿度が高ければ喘息の発作を起こすし、皮膚にできものもできる。さいわい、北方に我々という親戚がいるから、こちらに来て梅雨を避けて過ごすことができるが、そうではなければ梅子お嬢さんはしとしとと降り続く梅雨の毎日に耐えがたいのだ。

お父さんは梅子さんのことを「お嬢さん」と言っていたが、その時梅子さんは私にちょっと体を曲げて、微かに笑顔を見せてくれた。私はそっぽを向いて、見えないふりをして、相手にしなかった。北京の子はわざとがましいやりかたが大嫌いで、それに「お嬢さん」の呼び方なんて大嫌いだからだ。私はこっそりと三兄に言った。「何のわけもないのに、頤和園に来て、お嬢様ぶっちゃって、何様のつもりなんだか」

「気にするな。父さんが『お嬢さん』と呼ぶのは遠慮しているからで、遠慮すればするほど双方の関係は遠ざかって親しくなくなる。ヤーヤーはもう赤ちゃんじゃないんだから、話し方で、うちとそとがわかるだろう」

「あの太っているおばあさんは三兄の叔母さんだからね、三兄はあの人たちを親しく扱わなくちゃ」

三兄は私の深いやきもちを見破って、わざと私をからかった。「外甥は母方の家の犬だと言われてる。母方の人が来たから、俺はしっかりしっぽを振らなきゃな」

「どうぞ振ってください。がんばって振って。どうせ私はしっぽを振ったりなんかしないから」

梅子さんのことは、好きじゃない。梅子さんのお母さんは、もっと嫌いだ。

お父さんは三兄がするように梅子さんの母を「小姨《シアオイー》(1)」と呼ぶよう私に言ったけれど、その「小姨」本人はこう言った。「『小姨』なんてやめて。張姆媽《ジャンムマー》(2)でいいよ」

張姆媽なんて呼び方はちょっと変だ。リズムが短くて、明らかに南方じみた発音だ。日々北京語を話している私には可笑しく思えた。私はこの呼び方から距離感というものを学び取った。これはお父さんの言った「お嬢さん」と大体同じだ。三兄の言い方で言えば「親戚

(1) お母さんの妹、おばさん。
(2) 南の方言。「張おばさん」の意味。

の親戚」。ちゃんと礼儀に適った正しいことをしているけど、心の中では距離を保っている。

お父さんは張姆媽と雑談している。日光が、窓の格子に貼ってある障子紙越しに張姆媽と梅子さんに照り付けていた。この二人は顔色が蒼白く、水中から出てきた人物のように距離感があり現実的ではない。張姆媽はしくしくと涙を拭いつつ話していた。おおよその意味は、自分たちの町の店は大損して潰れてしまい、田舎の田圃と不動産も貧乏人に分配されて、小さな腰掛でさえ残ってないだとかなんだとか。

私はそれ聞いてもなんとも感じなかった。

カメ005は小躍りしていて、嬉しそうだった。まるで「小さな腰掛でさえ残ってない」ことを喜んでいるようだ。

梅子さんはカメ005の前に来ると腰をかがめて言った。「なんてきれいなスッポンなんでしょう」

私は即座に訂正してやった。「カメだよ。昔皇宮で放生されたもので、世の中のことをなんでも知っている神獣なんだ」

梅子さんはびっくりしてカメ005を見た。カメ005は頭を伸ばし、目を開いて、梅子さんをじっと見つめ、弱さを見せない。私のために力いっぱいそうしてくれているのだ。さすが私のカメだ。

張姆媽は白くてぽっちゃりしている。肩は肉付いて丸くなっていて、腰は太くがっちりしている。目は大きくて明るく、髪の毛は頭上に髷にしていて、薄色の服を着ている。もうちょっとスマートだったら美人だと思うが、それでも親しくしたいとは思わない美人だ。張姆媽が三兄の簡素貧弱な腰掛に掛けると、腰掛はぎしぎし音を立てた。いつかそのしょぼい腰掛が彼女の体重を支えきれずに崩れてしまうのを、私の平凡で寂しい生活の楽しみにしているのだけれど、腰掛は音を立てるのは立てるが、何としても崩れなかった。

張姆媽は、薄着であるだけでなく、手の中にいつも団扇を持っている。このような格好は、北京の初夏としては少し大げさだろう。張姆媽は、いつも暑いのが苦手だと言っていた。びしょびしょになる蒸し暑さが苦手で、自分は娘と南方の蒸し暑さから逃げてきたのだと言う。南方では梅雨期になるとそのような天気が続いてなかなか終わらない。室内の地面も濡れ、机もねばねばして、衣服も湿っている感じ。どこへ行っても煙霧か熱気が立ち上がって、すがすがしく爽やかな日々がない。

南方の梅雨に対しては、私はまったくその感覚がわからない。煙は煙で、霧は霧で、どれも雨と関係ないものだ。それに天空から降る雨は、木になる梅の実とも無関係だ。

お父さんは、煙と霧、そして梅というこの三者が合わさったものが梅雨で、梅雨が降るころに梅の実が熟すのだと教えてくれた。

なるほど、梅雨は梅の実と繋がりのある雨なのか。私は想像してみた。雨滴が降ってきてたくさんの梅の実に落ちるのを。点々と雨滴をつけた梅の実がみずみずしく光っている景色は、きっとすごく綺麗だろう。私は雨が好きだ。家の軒の下に立って雨水の流れるのを見たり、傘をさして道路の地面に泡が出てくるのを見るのは楽しいし、雨の中で行ったり来たりして両足がすっかり濡れてしまうことや、全身雨に降られて心から寒く感じることも面白くて楽しい。けれども梅子さんはわざわざそれを避けてきたんだって。そうしなくちゃ、喘息の発作を起こして、皮膚にできものができるんだって。いったいこのお嬢さんはなんでそんなことになっちゃってるんだろう。

北京の子供は梅雨のことを知らないし、梅の実も見たことがないのだ。私の想像では、梅の実は果物屋さんのスモモのようなもので、青いのも、黄色いのも、紫のもあって、酸っぱいのも甘いのもあるんだろう。そんな風に考えていたら、お父さんが教えてくれた。梅の実はスモモより小さいし、どれも酸っぱくて、そのまま食べてはいけないらしい。梅の実は梅酒を作ることができる。梅酒は女の子が飲むもので、男は飲まないんだって。私はお父さんに「梅の実、見たことがあるよ」と言った。

「どこで?」

「薬屋さんで。漢方薬に烏梅っていうのがあって、それはすごく酸っぱいの。舌の先でちょっと舐めてみるだけでも酸っぱくて我慢できないくらい。夏にはそれで酸梅湯《スワンメイタン》を作ることができる」

　私とお父さんが江南の梅の子供について話していると、梅子さんは「話梅《ホワメイ》」を一つ私の口に入れた。それは彼女が蘇州から持ってきた「湿話梅《シーホワメイ》」だった。

　その味はもうだいぶ変わってきていたけれど、この一粒の「話梅」によって、私は初めて梅の実の味わいを知った。「話梅」の味は、言葉で言い表せないくらい素晴らしかった。まさに絶妙な味だ。北方の干しアンズとぜんぜん違って、酸っぱさもあり、甘さもあり、塩辛さもあり、何種類もの味が合わさっている。一粒の「話梅」を、私は種を吐き出すのも惜しくて口の中にずっと入れたままにしていた。最後の最後、その種を噛み潰して、その素晴らしい味をもう一度味わった。この一粒の「話梅」によって、私の南方への偏見は多少是正され、梅子お嬢さんへの見方も変わった。一言では言い表せないこの味のおかげで、私はもう少しで江南に降参してしまいそうだった。江南の味は「話梅」の味だ。ある地域への認識は結局食べることから始まるのだ。新鮮で素晴らしい「話梅」の味をあれこれと吟味しながら、私は張姆媽の後ろに立っている梅子さんをしげしげと眺めていた。

　梅子さんはまさしく乙女という様子で、余計な事やよくないことに気を取られないで、静かに立っている。皮膚は血管が見えるほどに白く透き通っている。一重まぶたの目、細い月のような眉、薄くてきれいな唇、ほっそりとした美しい指、すっきりと整った美人で、まったく絵のようだ。梅子さんと比べれば、私は、どう見ても荒っぽくていい加減だ。まず宋おばあちゃんに繰り返して褒められた「ぽちゃぽちゃの小さな丸い顔」だけで、もう美人の条件を満たしていない。

お父さんは明日出勤ということもあって、張姆媽と梅子さんの身の回りが落ち着いてから帰った。三兄はその晩玉瀾堂当直室で寝ることになった。おそらくこれから毎晩そこに行って寝なければならない。かわいそうに。

玉瀾堂は恨みがこもったところだと思う。扉を閉めると、そこは独立した中庭になる。北側にある灰色の瓦葺き屋根の部屋は、光緒帝の住んでいたところだ。その中には、皇帝専用の椅子と屏風以外、私が今毎晩寝ている炕とそっくりのカーテン付きの炕しかない。部屋全体の雰囲気が暗いのだ。正殿には皇帝専用の椅子があるが、その前に置いてある綺麗なペアの琺瑯香炉も、真っ黒に燻されて、しょんぼりと古ぼけている。螺鈿象眼細工の家具はどれも黒っぽくなって、ほこりにまみれているようだ。六郎荘の李徳厚さんとおしゃべりした時、玉瀾堂の話になったことがある。

「私が玉瀾堂に住むことになったら、きっと気が滅入って耐えられない」

私がそう言うと、李徳厚さんはこう返した。

「誰だって我慢できないさ。特に東西両脇の殿堂、霞芬室と藕香榭にはそれぞれ高い壁が築かれているから、玉瀾堂はすっかり監獄になってしまった。光緒帝が住んでいた時どういう気持ちだったたか、そのつらさは想像するに余りある」

李さんの話によれば、東西両脇の殿堂の中の高い壁は彼のお父さんが築いたものだそうだ。これは西太后直々の命令で、品物の移動、材料の準備、最後の仕上げ、全部を三日間で終えなければならなかった。施工する職人まで含めた当時の人は、みんなこのように光緒帝を扱うのはちょっと行き過ぎだと思っただろうが、しかたがない。光緒帝は戊戌の変法をやって、西太后の機嫌を損ねてしまったのだから。

玉瀾堂についての私が思うことを三兄に話したが、三兄は私に対して「薄っぺらで、知識が貧困、教養がたりない」との評価を下した。「玉瀾堂の家具の色がみんな暗い理由は、最高級の材質――紫檀か沈香の木で作ったものからだ。乾隆帝がわざわざ残しておいた、乾隆帝が最も好んだ書斎の備品だ。象嵌や細工も頤和園内のナンバーワンで、逸品中の逸品、絶品だ。頤和園内の家具はどれも玉瀾堂のものとはくらべものにならない」

お父さんも教えてくれた。「ヤーヤー、覚えなさい。本物、かけがえのない宝は、どれもみんなうす暗く、容易く見通すことができないものなんだよ。よいものは人がそれを味わい、感じ、吟味する余地があるものなんだ。宝の真偽を区別できる人はよく言うが、てらてらとまばゆく光っているものなら、十中八九は偽物。舞台で俳優の頭に飾られたダイアモンドは、照明が当たればパァッと光るが、絶対に本物ではない。価値のあるものは、落ち着いていて、控えめで、重々しさがあるものだ。これこそが我々の文化なんだよ」

ほかは忘れてしまったが、「控えめ」という言葉だけはまだ覚えている。

本物の宝はみんな控えめで重々しいという特色を持っているのだ。

当直室は玉瀾門通路の左側にあって、かなり狭い。天井から電灯が垂れているがランプのほやはない。この電灯は非常にまばゆく光り、部屋中を照らすので、暗い影になるところはない。南窓側に板張りのベッドが一台、東壁側に木の机が一脚、椅子でさえなく、簡素を極めている。

私は三兄の寝具を抱いて、三兄を玉瀾門まで送っていった。中庭の外の木は風でカサカサ音を立て、昆明湖の湖水はぴちゃぴちゃと岸を叩いている。玉瀾堂の後の、落雷に遭った松の木は高く立って小さな私を見おろしている。噂によれば、この木は西太后がわざと残していたものらしい。落雷に遭ったのはだいぶ前のことで、頤和園より歴史が古く、すでに五六百年経っている。木の支えで支えられて立つその様子は凶悪で恐ろしく、私は身をすくませて、三兄に近寄った。

「怖いのか?」

「うん」

「大したことはない、落雷に遭った木ってだけだ。『雷撃木』というんだ」

三兄は少し前へ進んでからまた言った。「落雷に遭った木は魔除けになるんだ。だからその木の樹皮や枝が欲しい人がいる。取って帰って自宅に置くんだよ。もちろんこれも迷信だけど」

今夜は月がない。玉瀾堂の庭は真っ暗で、以前ここに住んでいた光緒帝を思い出し、今日ここに泊まる三兄と比べてみた。三兄はかわいそうだ。光緒帝はいくらやられたと言っても、この玉瀾堂の後ろの宜芸館には皇后さまも住んでいた。でも三兄は奥さんすらいない。ここまで考えて、普段いつも三兄と角突き合いをしている自分に反省した。何と言っても三兄はお兄さんなんだから。

帰る時、三兄に「明日梅子さんとそのお母さんに園内をぐるっと案内してあげな」と言われた。

「なんで私なの?」

「おまえ以外に、ほかに誰がいる?」

そんなのしたくないとふくれっつらをしていたが、三兄は全然気にしなかった。ふてくされて私は出ていった。落雷に遭った松の木のところを避けて仁寿殿の北側から帰った。この道は大道で、街燈があるからだ。歩きながら考えた。さっき三兄のことをかわいそうに思い、もう喧嘩しないと決意したばっかりなのに、あっという間に忘れてしまった。だめだな。

三兄の案によって、張姆媽は一人で奥の部屋、梅子さんは私と同じ炕で寝ることになった。私の寝床の傍で他人が安らかに寝入るだなんて。心の中では嫌がっていたけれど、言い出せなかった。玉瀾堂から帰ってくると、何も言わず布団に入り、炕のカーテンを垂らした。二人のことには構わずに、明日は、日がすっかり昇ってから起きようと決心した。

カーテンの向こう、南方から来た親子二人はお風呂のことについて相談している。なに？頤和園内でお風呂に入る？贅沢すぎない？当時西太后がどのように入浴したかをまず聞きなさいよ。当然風呂屋はない。噂によれば、西太后の入浴というのはこうだ。桶の熱湯にタオルを湿し、化粧石鹼をつけて、体を一部分一部分ぬぐう。そうやって何人もの宮女が代わる代わるお世話したという。すごく面倒だ。今だって、私たちがお風呂に入るのは簡単なことではない。医務所の女医さんにお願いして、職場の浴場に連れていってもらって入るしかない。毎週、月、水、金曜日は男性、火、木、土曜日は女性で、順番があるんだ。今目の前にいる、南方から来た親子二人は、ともするとお風呂に入りたいだなんて、まさか西太后よりも西太后だっていうの。

私は静かに眠りにつこうとしていたが、ぼんやりと聞こえる声によると、南方から来た親子二人は風呂に入るのをやめて顔と足を洗うことにしたようだった。

一晩中ぐっすり寝た。梅子さんがいつ炕に登ったか、全然わからなかった。前の晩、朝日がすっかり昇ってから起きようと決心したが、空が白んで来た頃、私は甲高い叫び声で目を覚ました。ネズミ兄さんが私の枕の辺りで歩き回り、梅子さんを驚かせたのだ。梅子さんは、炕の隅に縮こまっている。腕を組み、足を上げて、顔中に恐怖を張り付かせている。それは本当の恐怖だった。顔色を変え、目を大きく見開いて、体を小刻みに震わせている。

今まで、私の炕で自由自在に遊び、わがまま放題していたネズミ兄さんは、今日も梅子さんのことを相手にしない。005も同じで、南方から来たお客さんの前で、虎の威を借る狐とばかりに恐れなかった。ネズミ兄さんは小さな目を見開き、瞳を凝らして梅子さんを見つめた。まったくチンピラのようだった。

梅子さんの叫び声を聞いて張姆媽が来た。炕のカーテンを開けると、ネズミ兄さんはもういなくなっていた。梅子さんは自分の母親に南方方言で話した。慌てた早口だったので私は少しも分からなかった。最後の最後、張姆媽は梅子さんをトントンと叩き、「母さんがいるからもう怖くない。明日松《ソン》ちゃんにネズミ捕りを買わせるから」と言った。

「松」は三兄の幼名で、家ではこれを使わない。甘ったれた感じがするからだ。

私は布団の中に潜り込んで動かなかった、梅子さんは私の枕の傍で大きな声をあげた。「起きて、起きなさい、ネズミ、ネズミがいるよ」

私は声を出さずにこっそりと笑ってしまった。

翌日、南方から来た親子二人に頤和園を一通り案内した。二人は日差しに弱く、二人とも日傘を差していた。二人の日傘は人々の群れの中で大変目立っていた。まるで真っ黒な人の海に二輪の牡丹が漂っているようだ。親子二人の歩き方もふらふらしていて、ゆったりとしていた。私は犬のように先を走り、時々止まって振り向かって眺めるという具合だ。楽寿堂の中庭で私は親子二人に巨大な青芝岫の由来を語った。これは私が案内する時の定番だ。米という苗字の金持ちが山の中でこの石を見つけ、運搬工を雇って房山から自宅に運ぶことにした。石は大変大きいので、運搬費は非常に高額になる。だけど、お金持ちはこの石が本当に気に入ったので、家財を尽くしても自宅まで運搬したがった。結局、北京郊外の良郷というところに着くころ、家財を使い切ってしまい、この石はそこに置かれることになった。その後、金持ちが亡くなり、この石は良郷の道端で百年以上も転がっていた。好きだと思う人が現れても、運搬する力がないからだ。のちに乾隆帝が御用庭園を造る時この石を見て、影《イン》壁《ビー》にしたらちょうどいいと思い、良郷から運ばせて、楽寿堂の観光スポットになったのだ。こうした経緯から人々はこれを「身代潰し石」と名付けた。

張姆媽は石の周りを一週回って「まあ、醜い石ねえ。間が抜けて見える。我が家の中庭にある太湖石はこれよりずっと精緻できれいよ。うちの太湖石には二十ちょっとの大きい穴や小さい穴が空いているのよ」と首を横に振った。

ガイドの私にしてみたら全く面白くない話だ。

観光客が青芝岫の前で写真を撮るのを見て、張姆媽はまた言いだした。「身代潰し石だよ。写真を撮らない方がいい。撮ったら身代を潰してしまうよ」

写真を撮る観光客もこれで興ざめだ。

もうガイドとしての説明は一言も口にしない、勝手に見させておこうと私は誓った。

楽寿堂から出て、長廊までは百歩ほどの距離しかないけれど、太っている張姆媽はもう疲れて歩けなくなっていた。ハンカチを出して汗を拭いている。梅子さんも顔を真っ赤にして息が上がり始めていた。邀月門に入ると、二人は長廊の腰掛に掛けた。そよかぜが昆明湖の湖面から吹いてくる。長廊ではアコーディオンを弾いて歌っている人がいて、昆明湖畔の売店ではパンやジュースを売っている。近くの遊覧船チケットの売り場には列になって並ぶ人々……

張姆媽はまた言った。「頤和園は名高いところだけれどもそんなに面白いものでもないねえ。江南の景色と比べれば、だいぶ劣っている。江南の山や水は本物だから、ここの人工で作ったにせものよりはるかに味わいがあるわ」

張姆媽の話を聞いて私は不愉快に思った。頤和園は北京随一の公園だから、頤和園がだめだということは北京がだめだということになる。世界中、どこを探したって北京よりいいところなんてあるわけない。それで私は聞いた。「江南に昆明湖がある？楽寿堂がある？こんなに精巧できれいな家具や飾り物がある？」

「江南の太湖は昆明湖より大きいのよ。うちの田舎の屋敷は楽寿堂に少しも劣らないよ。家具や飾り物も絶対楽寿堂には負けないわ」

あら、まあ、この太ったおばさんは南方でどんな家財を持っているっていうんだろう？ほら吹きよ。自分の家がこの頤和園よりも素晴らしくて、ここのなにを見ても新鮮味を感じないなら、もうガイドも案内も必要ないじゃない。この親子二人を相手にしたくなくて、私もいっそ長廊に腰を下ろすことにした。観光客が行ったり来たりするのを見ていると、突然、カメ005を連れて頤和園内で散歩したのはもうずいぶん前のことだと気づいた。それに長い間カメ005に餌を与えていない。カメ005もきっと玉瀾堂の光緒帝と同じように寂しくてつまらないだろう。また故郷へ帰って行った老多を思い出して、老多はいま、どうしているかなと考えた。老多は張姆媽よりずっと接待しやすかったな。彼は「家のところでは……」「家の……には及ばない」なんてことを言ったことはなかった。それに私の言ったことも全部覚えていて、さらには絵にすることだってあった。

昼ごはんの時、南方の親子を連れて職員食堂へ行った。この日の昼ご飯はとうもろこし粉の蒸しパン、白菜スープだった。とうもろこし粉の蒸しパンはふかふかして美味しくて、私は二切れも食べた。白菜スープには肉団子や春雨も入って、ここ最近でも珍しくありがたい料理だった。

ところが、この親子二人はほとんど何も食べなかった。

張姆媽は食堂の料理を非常に不満に思っていた。そうだろうと思った。まだ食堂から出ないうちに、張姆媽は私に尋ねた。「頤和園の近くに八百屋さんはある？」

「ないよ。北宮門の小さな横町ではネギでさえ売ってない」

張姆媽はびっくりした。「えっ？じゃあ昔、頤和園に住んでいた宦官や宮女たちはなにを食べていたの？」

「それは御膳房のことだから、私は知らない。宦官や宮女の食べ物と言ったら炸醤麺《ジャージアンミエン》（1）くらいはきっとあるんじゃない？焼餅に豚肉の醤油煮込み挟んだものもたぶんあるでしょうね。うちの三兄は御膳房のコックさんに皇宮の料理のつくり方をならって、かなりの料理を作れ

（1）　ジャージャー麺。豚のひき肉や細かく切ったものを黄醤（豆味噌）や甜麺醤で炒めて作った「炸醤」と呼ばれる肉味噌を、茹でた麺の上に乗せた料理。中国山東省発祥とされる。

るの。だからきっと三兄は知っていると思う」

張姆媽は八百屋に執着していた。私のところで答えが得られないので、職員食堂のコックさんに聞きに行った。それで知ったことは、頤和園の東に燕京大学という大学があって、燕京大学の東門を出ると蔣家胡同《ジアンジアフートン》がある。そこには小さな市場がある。だけど、その市場は燕京大学の教授のためのもので、売っている野菜や果物はその辺のものじゃない。ものすごく高いので、普通の住民は買わないという。張姆媽はここから蔣家胡同までどれくらい離れているか聞いた。コックさんは「バスで行けば、四つ目のバス停だ、遠くはない」と答えた。

張姆媽は野菜市場の場所が分かると、三兄家の廊下で活発に何かをしはじめた。普段壁の角で眠っている石炭ストーブは張姆媽の手で眠りから覚め、めらめらと炎を燃え上がらせた。張姆媽はなんと北宮門外の村から人を雇い、石炭、たきぎ、火の起こりをよくするための煙突などを送らせることまでした。確かに「地獄の沙汰も金次第」だ。張姆媽の出来ないことはない。

江南からきた張姆媽の考えでは、市場とストーブがなければ、生活を始めることができないようだった。

梅子さんは毎日長廊に行ってそこにぼんやりと掛けていた。排雲殿へも行かないし、智慧海へも行かない。聴鸝館へも行かないし、知春亭へも行かない。ただ長廊だけに行って、そこで一間一間と移動しては座っていた。もったいないじゃないかと思って、私は言った。

「頤和園には面白いところがまだたくさんあるよ。例えば、四大部洲は荒涼とした原野で、ヘビやハリネズミ、タイリクイタチがいるの。私の005はそこで手に入れたんだよ。それから十七孔橋は、欄干の柱にいろんな獅子が彫刻されていて、同じ姿のものはないの。いったいどれくらいあるか、三日三晩かけて数えても正確な結果は出てこないんだ。あとは石舫、これは西洋式の石の船でね、噂によると真夜中に前へ何十メートルも進んで、朝になるとまた元の位置に戻ってくるんだよ」

梅子さんは、自分は長廊が大好きで、長廊に掛けていれば、いつまでも飽きないと言った。

「それなら、どうぞ長廊に座っていて。私がどこにも連れて行ってくれないって、三兄に文句を言わないでね」

梅子さんは私に手を振った。「じゃあね」という意味だった。私が傍にいるのが嫌で、面倒だと思っているだろう。

面倒なのは私の方なんだから！

梅子さんは、丸一日、長廊の柱に身を寄せて腰掛に座り、とりとめないことを考えている。乙女の心は、私のような小娘には見通せないのだ。

張姆媽にとっては自分の娘の梅子さんこそ世の中で最も高貴な人物で、誠心誠意尽くさなくてはならないのだ。張姆媽は私の家——本当は三兄の住んでいる職員宿舎だが——に来ているが、まるで自分の家に帰ったようで、まったく自分が客だと思っていない。臭いから梅子さんの鼻を衝くだろうと言って、私のカメ００５を室外に出し、南の壁の根元、日陰の涼しい場所に置いた。また、蚊などが入ったら梅子さんが刺されたり噛まれたりして大変なことになると言って、網戸に破れたところがあるかどうかていねいにチェックした。私が最も許せないのは、張姆媽が三兄に猫いらずを買わせることだ。ネズミが再び梅子さんの寝るところに来ることが絶対にないように、ネズミを根絶やしにしたがっているのだ。

張姆媽は一日おきに蔣家胡同に行くことにしたらしい。毎回、たくさんのものを買ってくる。新鮮なフナ、長期間塩漬けにした肉、青ネギ、新ショウガ、サヤエンドウ……張姆媽の買い物で、私は頤和園には、北宮門外に重厚な北方があるだけじゃなく、東宮門外にはみずみずしい南方があると知った。

頤和園の観光スポットは、張姆媽は楽寿堂に行ったきり、ほかのところは、どこにも行っていなかった。張姆媽の時間は全部蔣家胡同の野菜市場及び廊下のキッチンに費やされた。観光する時は、少し歩いたらすぐに疲れた、もう歩けないと叫んだのに、蔣家胡同の野菜市場へは、バス停三つの距離でも喜んで行く。人は各自それぞれに好みがあって、無理をさせることはできないものだ。

今は、私はもう職員食堂でジャガイモの千切り炒めを食べなくて良い。三兄も時々お昼にも家に帰ってきてちゃっかり食事をもらおうとする。夕食に至っては、三兄は毎晩必ず帰って食事をする。表向きには張姆媽の食事の相手をするためという名目だが、本当は美味しいものにありつくためだった。美人女医さんも連れて一緒に晩御飯を食べにくるときもある。声をかければ女医さんは喜んで来るが、誘われていなくとも来る時もある。女医さんは上海の人だから、張姆媽の作った料理の味付けが、生来の好みにぴったりなのだ。彼女たちは食べながらおしゃべりをするが、南の方言なので、むにゃむにゃと何を言っているかさっぱり分からない。三兄と私はお互いに顔を見合わせるばかりで、すっかりほったらかされてしまう。

以前、三兄の料理の腕はすでに完璧に近いと思っていた。彼は北宮門外の劉成貴《リウチヨングイ》さんと知り合いだった。劉成貴さんは元々皇宮の料理人で、皇太妃に料理を作ったことがある。「滑溜《ホワリウ》」という調理技法(1)が特に得意だそうだ。私は劉成貴さんの料理を食べたことがないが、三兄が劉成貴さんに習った「滑溜豚肉」を作るのを見たことがあった。薄切りの豚肉をとろっ

(1) 調理法の一つ。片栗粉をまぶした肉や魚を下炒めあるいは下揚げし、調味料を加えてあんかけにする。

とした片栗粉の汁で下味をつけてから、ぬるい油にゆっくりと滑り入れてつくる。この上なく新鮮で柔らかかった。私は、一度に一皿を食べ切ることができてしまう。この料理法で作った頭のついた大きな海老だったら、三匹でも食べ切ることができるだろう。北京料理はよく味噌を使うようで、例えば「京醤肉絲《ジンジアンロウスー》(1)」「醤爆肉丁《ジアンバオロウディン》(2)」「醤燜鯽魚《ジアンメンジーユー》(3)」「醤汁鴨子《ジアンジーヤーズ》(4)」などがそうだ。ジャガイモの千切り炒めでも味噌で炒める。グルメ通のお父さんの話によれば、北京は流派になれる料理を持っていない。北京のレストランの大半は山東料理の店で、料理人も山東から雇用している。北京料理は、油っこくて、色が濃いので、食欲を刺激することはできるが、淡白で美味という面では南方の料理には及ばない。

三兄は、自分の料理の腕を見せびらかすために、ある日、身を入れて張姆媽に料理を作ったが、梅子さんはそれを食べつけなかった。その上、遠慮なく三兄の「醤燜鯽魚」に「めちゃくちゃ」との評価を与えて、不愉快な顔つきをさらしていた。そこへ張姆媽が同じフナを使ってスープを作って、持ってきた。ミルクみたいな白いスープに新鮮な魚、その上に緑の刻み

(1) 千切り豚肉のみそ炒め。
(2) サイコロ豚肉のみそ炒め。
(3) フナの味噌煮。
(4) アヒルの味噌煮。

ネギが散らしてある。梅子さんはちょっと飲んでから「北方のフナは大きすぎて、重すぎるわ。フナのスープは十数センチの小さなフナでなくちゃ美味しくないの」と言って、もうそのスープを口にしなかった。

三兄はそのスープの碗を持ち上げ何口かで飲みきった。飲みながら「これは、うまい！うまい！」と繰り返して言った。

私はこっそり尋ねた。「ちゃんと煮込んでる？何の色もないけど、生臭くない？」

三兄ちょっと考えて言った。「そう言われたら本当に全然何の味もしないんだけど、でもすごくうまい」

「何の味もないんなら、食べる値打ちもなくなるじゃない？うまいってどんな味？」

「うまいは、うまいんだよ。ヤーヤーのような無骨なものには分からない」

ふん、また皮肉ってくれるじゃない！

それから何日も経たずに、張姆媽が「腌篤鮮《イエンドゥーシエン》」という料理を作って、私に「うま味」という味を体得させてくれた。張姆媽は新鮮なタケノコを買ってきて、外のものを全部剥き、一番奥の尖っている部分だけにした。そしてそれを塩漬けの豚肉と一緒に土鍋に入れ、水をいっぱい入れて、とろ火で三、四時間、土鍋いっぱいにいれた湯が半分になるまで煮込んだ。食卓に置くと、梅子さんはすぐ汁を飲み始めた。梅子さんは汁だけ飲んでいて、私は肉ばかり食べていた。三兄はそっと教えてくれた。「ヤーヤー、お前は阿呆か。大事な栄養や味はみんな汁の中にあるんだぞ。肉には何の味もなくなっちまってるだろ、蝋でも噛んでるみたいにさ」

これを聞いて、私は急いで汁を飲み、ようやくあの何とも言えない新鮮なうま味をやっと体得した。それで、生活の中には、北方の肉や魚の、豪快な美味しさ以外、南方の素材を生かした滑らかで淡白なうま味もあるのを知ったのだ。

張姆媽と娘の梅子さんがこちらにいる間、お蔭さまで、私は多くの南方料理を食べた。「薺菜百葉《ジーツァイバイイエ》」(1)「笋菇麺筋《スングーミエンジン》」(2)「青豆燜油条《チンドウメンヨウティアオ》」(3)「清蒸獅子頭《チンジョンシーズトウ》」(4)「素拌馬蘭頭《スーバンマーラントウ》」(5)……お世辞も言えないのは「陽春麺《ヤンチュンミエン》」(6)だ。それこそ何の味もないもので、北京のあんかけうどんの「陽春麺」とはぜんぜん比べものにならないのだ。

---

(1) ナツメ菜と豆腐の炒め物。
(2) 筍とキノコと麩の炒め物。
(3) えんどう豆の煮込みと揚げ油の煮込み。
(4) 蒸し肉団子。
(5) ワケギ茎の素合え。
(6) かけうどん。

食事の時、私は真正面の三兄と梅子さんを見つめて、意外にもこの二人の顔立ちにどこか似通っているところがあることに気づいた。肌が白いところや、耳の輪郭、鼻梁が高く整っているところ、手の指が細長いところ……家族の遺伝によるもので、血縁関係が近いからだろうなあ――なんて、食事をしていながら気が散ってしまった。

朝、顔を洗う時、私はいつもポンプのところに行って汲みあげた冷たい水を使っていたが、梅子さんは違う。張姆媽が前もって水を温めて、洗面器まで持ってきてあげるのだ。私は三兄に言った。「梅子さんを見てよ！大人に甘やかされ、大事にされてる。あれが女の子の生活だよ。梅子さんと比べたら、私の生活は何なの？三兄は私の扱いが荒っぽすぎる！」

「この小娘め！俺が洗面の水を温めろってか？都合いいことばっかり考えやがって！お前に洗面の水を温めてほしいのは俺の方だよ！」

私は腹を割って誠心誠意三兄にこう言った。「三兄、どうしたって私はお嬢さんでしょ？」

三兄は不満そうに白目を向いた。

梅子さんは、南方の女の子のこまやかな特質を持っている。まるで楽寿堂に掛けてある工筆画「夏日青荷（夏の青いハス）」のようだ。その絵には、蓮の花の柔らかな芯から伸びる一本一本の繊維や、トンボの羽の一筋一筋の脈まで、はっきりと描かれ、非常に正確で、一点の怠りもない。

梅子さんの服は、あの絵の青いハスと同じように、上品で、爽やかな色だ。上着は空色の杭州産シルク、裾に淡い緑の草花が二三輪刺繍されている。それは何気なく散りばめられたように見えるが、実は草花の配置も色も、ひけらかさないよう設計されたものだ。二三輪だけの草花というのは、多くはないが、梅子さんの美的感覚と洗練された装いを際立たせている。

自分を見てみると、まるで一緒に並べるものにはならない。紫の花柄の詰め襟の上着。この上着は、長く着すぎて色がさめてしまっている。三兄が宋おばあちゃんにお願いして、もう一回それを染めてもらったが、均等に染められなくて、濃いところもあれば、薄いところもある。前は濃い紫、背中は藍色、脇の下は赤みが差している。こんな服を着られるのはこの私だけだ。ちょっとでもプライドを持っている女性なら、こんなのを着せられたら、激しく騒ぎ立てるに決まっている。私は三兄に「三兄は人をあざむくにもほどがある」と言った。

「いいものをやっても無駄!飯を食わせているだけでも十分面倒なのに!」

「まさか私が嫁に行く時でもこんな格好をさせるつもり?」

「その時はその時!お前は嫁に行けるかどうかだってわからないだろう」

梅子さんが来て、比較対象ができたことで、この家では私を女の子として養ってくれてないとやっと分かってきたのだ。何だか大損した気分だ！……

「最近、お前は感傷ってもんを覚えたな。良い習慣じゃない。やたら波風を立てるようなことばかりするな！自由自在に暮らしていければ何よりだろう？俺達北京の子は、小さいころから甘やかされて育てられはしない。つい最近も、北宮門の趙さんの二番目の息子は、父親と一緒に屋根の上で部屋の修繕をやっていたぞ。親子二人上半身裸で左官工事をしていた。二人は皇族の子孫だっていうのに」

皇族の子孫でさえも屋根の上で左官の仕事をしているのだから、私なんかでは当然何も言えない。


長廊で梅子さんを見つけた。梅子さんはやっぱり長廊下の腰掛に掛けていた。私は聞いた。

「梅子さん、何見てるの？」

梅子さんは指で廊下指した。「画を見ているのよ」

私は梅子さんの指した絵を見た。女性が小間使いを連れて、お墓の前で泣いている。その傍には松の木があり、周りに草花が生えていて、遠方には山がある。私は適当にこう言った。

「これは若い未亡人の墓参りの『小寡婦上墳』という芝居だよ。お父さんと見たことがある」

「未亡人なわけないわ。でたらめを言ってはだめよ」梅子さんは言って、教えてくれた。この絵は文姫の墓参りを描いているのだという。文姫は漢王朝文豪蔡邕の娘で、匈奴にさらわれて、匈奴人の妻にさせられてしまった。子供を二人産んだが、十二年も家に帰れず、草原で生活した。後に曹操が、たくさんの黄金をつんで文姫を買い戻した。そこで文姫は二人の子供と別れなければならなかった。帰ってくると、父親はすでに亡くなっていた。父親の墓前に詣で、泣きながら自分の悲惨な日々を訴え、自分の書いた「胡笳十八拍」を吟唱した。「毛織りのかわごろもを衣裳として身に纏えば、骨と肉が、震えおののく。衣から漂う匈奴のなまぐさい臭いに、わたしの心は痛み、しめつけられる……」

「考えてみて。漢王朝の才気傑出した女性が、毎日高級絹織物を着て、山海の珍味を食べていたのに、氷雪に閉ざされた、身も凍るほどの北風が吹き付ける北方にさらわれ、フェルトや毛皮を着て、生臭い肉を食べてすごさなければならなかったの。その女性が十二年経ってやっとのことで帰ってきて、父親のお墓の前で『泣いても声は出ず、息も絶えそうだ』と肩を震わせて号泣するのはとうぜんのことよ。想像に難くないわ」

梅子さんの説明を聞いてからもう一度その絵をみてみたら、確かに物語絵本と同じように素晴らしく感じた。絵の中の蔡文姫は痩せ衰え、父親の墓碑に向かって袖を挙げ涙を拭いている。後ろに立っている小間使いは琴を持っている。たぶん泣いてから歌おうというのだろう……

梅子さんの説明は、私には全部は分からなかったが、この絵の意味は分かった。これは悲惨なストーリーだ。梅子さんはまた言った。「この絵は完璧とは言えない。絵の中の蔡文姫の着ている服は明王朝のもので、漢王朝のものじゃない。この間違いにはちょっと興ざめね」長廊の絵は非常に多い。色とりどりで、人物の絵もあれば、花鳥の絵もある。けれど、私は今まで頭をあげて見ることはなかった。絵はただの絵だと思っていた。まさかこんなストーリーが描かれているとは思いもよらなかった。

梅子さんはまた前の絵を指して言った。「これは赤壁の戦い後、華容道を守っていた関羽が、義理人情のため曹操を逃したという物語よ。少し遠くにあるのは『楊家将《ヤンジアジアン》』の物語の一部、宋王朝を守るため、五十過ぎの穆桂英が若い時の鎧兜を着けて出征する物語よ」梅子さんは私の手を取って、歩きながら説明してくれた。「これは、後漢の文学者孔融が四歳の時梨を譲ったという物語で、あれは孫悟空が白骨精という妖怪を三回もやっつけた話よ」「それは『水滸伝』の内容。林冲がまんまとはめられて、流刑にされ、滄州で軍馬草の番をしていたの。ある日大雪で草ぶきの家が倒れたので、林冲は近くの山神廟に行って避難していた。その時、自分の殺害計画を論議するのを聞いて、激しく怒り、仇を殺したのち、梁山に身を寄せたという物語よ」「それは織姫と彦星。そして『三碗不過岡《サンワンブーグオガン》』よ」……

梅子さんはさすがにお姉さんだけのことはある。とても多くのことを知っていて、ほとんどの絵についての因果関係や、一部始終を説明することができた。だから梅子さんは頤和園に来ても、どこへも行かなかったのだ。ずっと長廊にいつづけたのだ。梅子さんは長廊の絵を見て、いろいろな物語に入り込み、夢中になっていたのだ。梅子さんの言い方を借りれば、「一年掛けても見切れない」のだそうだ。

梅子さんの教示のお蔭で、頤和園の長廊のことに対して、私は認識を改めた。

私が一番大好きなのは「三碗不過岡」の絵だ。この絵も『水滸伝』の一節だ。ある山でたびたび虎が人々を困らせていた。人々が山を越えるには、大勢連れ立って、一緒に行かなければ非常に危険だ。山のふもとには飲み屋があって、そこのお酒はすごくよいので、「三碗不過岡」――つまり三杯飲んだら酔ってしまい、この山を越すことができなくなると明言されていた。武松は十八杯飲んで、店を出て山を登ろうとしている。絵の中の武松は真っ赤な服を着て、白いフェルト帽子を被っている。風呂敷包みを背負い、哨棒――護身用の棒を手にして、山へと歩いている。藍色の服を着た飲み屋の店主が追いかけて出てきて、武松の腕を引っ張り戻ってこいと訴えている。二人は店外で押したり引いたりもみあっている。飲み屋の窓は上向きで開き、つっかえ棒で支えられている。店内にはまだ飲んでいるお客さんもいる。西の空の色は暗くなってきて、山の上には低木、力強く伸びた松の木、奇岩怪石が重なり聳え立っている小道、そして高いところから落ちる流れの速い滝……この絵は私にいろんなことを想像させた。絵の中には虎が描かれていないが、虎は殺意を抱いて林か草むらの中に隠れていて、もう少ししたら一人で山を越えようとやってきた武松に出会うだろう。ここまで考えると武松のことが酷く心配になった。虎への恐怖が絵全体に満ちていて、音の無い静かな雰囲気は、絵を見る人に不安感をもたらしている。私が絵の前に立って動かないでいると隣で梅子さんは言った。「この絵の素晴らしいところは虎がいないところね。本当に虎が出てきたら、つまらなくなっちゃう」

　数年後、お父さんに長廊の「三碗不過岡」を見た時に感じたことを話したら、お父さんは「これが芸術の張力だ。よい作品は直接何かを言うのではなく、見る人に考えさせるのだよ」と教えてくれた。

　こういうことがあって、私は梅子さんを見直した。時々、長廊へ連れて行ってもらい、色んな絵のいきさつを教えてもらった。多くの人にとってなじみのない故事の大半を私は長廊の絵で習ったのだ。例えば「商山四皓」という故事は、秦朝末、商山に隠居した四人の学者のことで、後にそれが名高い隠者を指すようになったということ。「好潔成癖《ハオジエチョンピー》」は元王朝の画家である倪瓚がアオギリの画を描くため、毎日童僕にその木を濡れ雑巾で拭かせたことからできた成語であること。そして、「陸績懐橘《ルージーホワイジュー》」の由来はこうだ。後漢時代、陸績という六歳の子が資産家である袁術の家を訪れた時、美味しいミカンを出されてもてなされた。陸績は三つを取って自分の懐に入れた。帰る時お辞儀すると懐中のミカンが落ちた。袁術はどうして持ち帰るのかとたずねた。陸績は「母はミカンが大好きで、お宅のミカンほど美味しいものはめったに食べられないから、持って帰って母親に食べてもらいたい」と答え、袁術に親孝行だと褒められたのだという。それから、「文人三才」の物語。「文人三才」というのは、宋の時代の文人、蘇軾・黄庭堅・謝瑞卿の三人のことだ。皇帝が蘇軾を呼び寄せた時、謝瑞卿は小遣いに扮して一緒に行き、うまく応対したことによって皇帝の称賛を得、その場で出家して「仏印」の称号を授与されたのだという。

旧暦の六月というのは、北京がもっとも暑い時期だと思う。空から火が降り続いているようだ。まだ三伏に入ってないので、一番暑い時期を迎えてはいないと言われているが、私に言わせれば、もう暑くて暑くて我慢できない。カメ005の風呂おけの水は一日二回変えなければならない。そうしないと、間違いなく臭くなる。さらに私をもっとびくびくさせているのは、張姆媽が蔣家胡同野菜市場で猫いらずを買ってきたことだ。灰色の二つの小さな紙包みで、おばさんはこう私に教えてくれた。

「これは『毒鼠強《ドゥーシューチアン》』というの。効果抜群、食べたネズミはすぐに死んでしまう」

張姆媽はこれを饅頭と混ぜて家の壁の角に置いた。置く前に、ネズミをさらによく惹きつけるため、ごま油を何滴かかけた。後は静かにネズミ兄さんとその家族が騙されて、わなにかかるのを待つだけだ。

ネズミ兄さん、それにその奥さん、また、何回も、何回も産んだたくさんの子供があっという間に毒にあたり、天井の上で惨めに死ぬことを思うと、心苦しくなってきた。ネズミ兄さん一家は私を信頼しているのだから、絶対に見殺しにすることはできない。

夜、ネズミ兄さんがまだ出てこないうちに、私はこっそり毒饅頭を文昌閣城楼の傍の湖水に捨ててしまった。張姆媽はその毒饅頭がなくなっているのを見ると喜び、これでネズミの姿が消えて、娘の梅子さんを驚かすこともなくなるだろうと言った。残念ながらネズミ兄さん一家はいなくなったふりをするなんてできず、その夜いつもよりひどく騒いだ。大軍が天井でドタドタ走りまわり、運動会を開いているみたいだった。

張姆媽は得意げに言った。「ほら聞いてごらん、天井の上で大騒ぎよ。薬効が現れたんだね」

張姆媽は喜んでいたが、私は胸中穏やかではなかった。

実はその晩、私はよく眠ることができなかった。湖水に毒饅頭を投げ込んだことが頭から離れなかったのだ。毒饅頭を魚が食べて、鴨が食べて、水鳥が食べる――そして湖面には、死んだ魚が浮かび、死んだ鴨が漂う……

考えれば考えるほど大変なことをしてしまったと思った。朝になったら、昆明湖の湖面には数えきれないほど多くの魚が白い腹を上にしてひっくりかえっているんじゃないか。昆明湖が死んだ魚で真っ白になっていたらどうしよう。

こんな大変なことはすぐに三兄に知らせないといけないと思って、私は朝早く駆け足で玉瀾堂へ行った。

三兄はまだ起きておらず、玉瀾堂の大門はまだ閉めきられていた。私は窓を叩いて三兄を起こし、昨晩のことを漏れなくつぶさに話した。三兄は聞いて激怒し、私のうなじをはたいて怒鳴りつけた。

「暇に飽かせて余計なことばっかりしやがって!女どもが毒薬で遊んで!」

三郎兄に殴られるのは初めてだった。彼は本当に怒っていた。私は泣く勇気もなければ、泣く理由もなかった。「女ども」と言われても我慢して認めるしかない。三兄に引っ張られて湖畔へ向かった。私はよろよろと引きずられ、危うくよろめいて転ぶところだった。三兄はまた怒鳴って言った。

「これは犯罪だ。わかるか!」

私は頷いて、罪を犯したことを認めた。まぶたに涙がたまっていたが、こぼれおちてはこなかった。私は一言も発せずにいた。

三兄は続いて言った。「この罪でお前を逮捕することもできるんだ。監獄に入れられるぞ」

「それって、玉瀾堂に入れられるってこと？」

「玉瀾堂？お前は皇帝じゃない！監獄の暗い小屋に入れられたって充分優遇されているくらいだ！一日にとうもろこし粉の蒸しパン一個、掛ふとんも敷布団もない。一生両親にも会えない」

「三兄にも会えないの？」

「お前が会えるかどうかなんて知らねえよ、俺はお前に会いたくなんかない！お前と関わらずにいられるならどんなにいいことか！」

「三兄はそんなに私のことが嫌いなの？」

玉瀾堂から文昌閣までは遠くなく、二、三分で着いた。湖水はエメラルドグリーン。水鳥は水中に潜り、水の中では魚が泳ぎ回っていた。文昌閣の南の遊泳場では水に浸かって泳いでいる人もいた。

すべて平穏無事のようだ。

三兄は言った。「覚えとけよ！勝手に湖水にものを投げ込んじゃいけないんだ！特に毒があるものはな！」

「じゃあ、岸に捨てる」

「岸に捨てるのもだめだ！」

「どこに捨てればいいの？教えてよ」私はまたごねた。

「空にでも捨てろ！」

ちぇっ、いーっだ！

北宮門外で三兄は焼餅を二つ買ってくれた。南方の親子二人が来てから私がずっとこれを食べてないことを、三兄もよく知っていた。焼きたての焼餅は熱々で美味しい。私のがつがつと食べる様子を見て、宋おじいちゃんが言った。

「やっぱり北京の子だね」

三兄はまた言い含めた。

「これからは毒のあるものは、食べ物でもなんでも、触っちゃだめだぞ。すっごく危ないんだからな。特にヤーヤーのような子供は、注意しないといけないんだ」

傍にいた宋おばあちゃんも言った。

「毒のあるものを見たら、すぐに遠くまで避けないとだめだよ！食べたら死んじゃうんだよ。死んだら、もうヤーヤーはいなくなっちゃうんだ。あたりは真っ黒になって、その真っ黒から永遠に出られなくなっちゃうんだよ」

「真っ黒だって怖くないもん。電気をつければいい」

宋おじいちゃんが言った。

「ヤーヤーに死のことを話しても、分かるわけないよ」

三兄は言った。

「ここまで言ったって、ヤーヤーはまだ馬鹿のままさ」

最後の最後、私が真面目に「もう絶対に触らない」と誓うと、三兄はやっと安心して仕事に行った。


しばらくして、私は「死ぬ」とはどういうことか感じ取ることになった。

酒屋の李さんが亡くなったのだ。

このしらせは、あまりにも突然だった。

このしらせを聞いて、私は今まで出したこともないスピードで北宮門へ走って行って、李さんの酒屋までやってきた。酒屋の前には、たくさんの人が集まっていて、店の板戸はみんな外されていた。私はなりふり構わず一番奥に潜り込んだ。酒がめはみんな壁の後方に移動され、一か所に集められていた。木のカウンターもなくなり、酒がめの蓋――あの砂を包んだ赤い布は、壁の角に捨てられていた。布からはまだ酒の匂いが漂っていた。李さんは部屋の中に横たわり、体の上には一枚の黄色のシーツが掛けられていた。外に伸びた両足には新しい布靴を履いている。

目は微かに開いていて、眠っているようだった。傍には、黒いペンキを塗った棺桶が置かれていた。棺桶の蓋は開いている。この後、李さんはここに入れられて、隠修庵の東の小山に運ばれていき、そこに埋葬されるのだ。普段から人好きのしない、隠修庵のあの二人の尼僧があぐらをかいて経を誦している。李さんの奥さんと子供も田舎から急いで駆けつけていた。親子とも喪服を着て、地面に跪き、しくしくと泣いている。弔問客が来ると、この親子は頭を地面に打ち付けて礼をする。李さんの子はまだ幼くて歩けない。そんな小さな子どもを見ると、弔問客はみんな頭を振ってため息をついた。李さんの奥さんは泣きぬれた顔をしているが、私の目には、見飽きない洗練された顔立ちに映った。ただその子どもはあまりにも幼く、お母さんのふところで跪き、ぎゃあぎゃあと泣いているだけだった。

近くの隣人や村の人たちがみんな手伝いに来ていて、六郎荘の李徳厚さんもいた。李徳厚さんは一番年長で、場を取り仕切る役割を引き受けていた。来る人はそれぞれ香典――三角や五角、もしくは一元、二元を出す。宋おじいちゃんが会計係をして、いちいち帳簿につけていた。三兄も手伝いをして、送られてきた黒い掛物をまぐさに掛けてから、喜楽の店主たちと一緒に李さんを棺桶に入れた。

蓋を被せようとした時、李さんの奥さんがそれにばっと覆いかぶさった。宋おばあちゃんは奥さんを抱え、言った。「一目見たら、いいでしょう。静かに行かせてあげましょうね」

「私たち残された親子は、どうやって生きていったらいいっていうの」と奥さんは号泣した。幼い男の子は母親がそばを離れたので、一人傍で声を張り上げ号泣している。私はこの子を胸に抱き、棺桶に近づいて行った。わかるかどうかはおいておいて、最後にお父さんを見せたかったし、また李さんにも最後に息子を見せたいと思ったのだ。

私の胸に抱かれた小さな子は、急に泣くのをやめ、小さな掌で棺桶をぺちぺちと叩き、ぶつぶつ何か言った。のどの奥がひきつるように鳴った。それで、私も泣きたい気持ちになった。蓋を完全に閉める直前、そのすき間から、お棺の中の李さんを覗いてみた。李さんは中で横になっていたが、快適とは言い難い様子だった。その瞬間、私は李さんの口元が動いて「秘密を教えてやるよ」と言っているような気がした。

私はわなわなと身を震わせた。

棺桶は大きな釘を打たれて、ぴったりと閉じられた。何枚かの木の板が、生きている者と死んでいる者を分けた。紙を焼き(1)、鉢を投げ落とし(2)、何人かの男性が棺桶を担いで酒屋を出

---

(1) 死者があの世で使う金として、金のデザインを施した紙を焼く風習がある。この紙の金は「紙銭」「焼紙」などと呼ばれる。

(2) 棺桶が持ち上げられる瞬間、北方では紙銭を焼く鉢を投げ割る風習がある。

ていった。私もその後に付いていき、李さんを見送ろうと思った。これからはもう李さんに会えなくなるのだ。

李さんは隠修庵のすぐ傍の山に埋葬された。頤和園北にあるこの小山のいきさつはかなりうさんくさい。李徳厚さんの話によると、この小山は誰かのお墓だという。いったい誰の墓なのかは分からないが、頤和園の辺りのお墓の主なんて、普通の人間じゃないに決まっている。例えば、頤和園文昌閣の東には元朝の宰相、耶律楚材《やりつそざい》のお墓がある。乾隆帝は頤和園を作る時、これをそのままにした。何でも先着順だということだ。李さんをここに埋蔵するのは他人の勢いを借りるためで、「借福《ジエフー》」という。

棺桶の上に土をすこしかけると、李さんの棺桶はもう見えなくなった。もっとかけると、土まんじゅうのような部分ができた。李徳厚さんが酒杯でお酒を一杯、お墓の前に撒いた。お酒はすぐに土にしみ込んで、何の痕跡も残らなかった。そのお酒は李さんの酒屋から取ってきたものなのかどうなのかはわからないけれど、自分で水を入れたお酒を、自分で飲むのも、いいね。頭を挙げて空を見上げると、北宮門の上空は紺碧で、からりと晴れ渡っていた。白雲は動かず空に掛かっている。今までこんなふうに頤和園の上空を見たことはなかった。周りのすべてがこんなふうに現実的で具体的だと感じたことはなかった。自分は傍観者を決め込むような人間ではないと思った。

李さんはいい人だが、完全無欠な人ではない。私と同じで李さんは欠点が多く、やることに時々筋が通っていなかった。でも、結局は親切で世話好きな隣人だった。李さんがあの世に行ってしまい、私はとても悲しい。北宮門外の知人が一人減って、小さな秘密を話す人も一人いなくなった。

生き生きとした人で、昨日まで存在していたのに、今日はいなくなってしまった。永遠に消えてしまって、どこへ行っても見つけることができなくなったしまった。あたかも彼のお墓に撒いたあのお酒が土にしみ込んでしまったように、形も影もない。李さんはみんなの日々から立ち去り、そうたたないうちに、みんなに忘れられてしまうのだろう。最初からそんな人はいなかったみたいに。多分これが宋おばあちゃんの言った「死んだ」ということで、三兄の言った「散ってしまった」ということだろう。「死」は怖いことだ。私は死ねない。これからどんな事情があっても死んじゃだめだ。もし死んだらこの世界に私はもういなくなる。私は一人暗闇にいて、何も見えないし何も聞こえない。千年経っても万年経っても、いつまでも、ずっとずっと……

これは私の限りある経歴の中で、初めて死に触れた経験だった。このことは、私に大きなショックを与えた。三兄は言った。「死っていうのは、すべての人、誰もが知るべきことで、誰もが出会うことなんだ。死を知らなければ、見聞しなければ、一人前に成長したとは言えないんだ」

私は、自分が成長したと思った。

その後、李さんの死因が分かった。彼はエボラ出血熱という怖い伝染病にかかって、高熱を出し、発疹ができて、一週間もしないうちに死んでしまったのだ。エボラ出血熱はネズミが持っているという病原菌の伝染によるもので、病院もこれを警戒し、重視している。しばらくして、役所はネズミを退治する薬を各家に配布した。張姆媽が以前買ってきた猫いらずと違って、今度配布されたのはピンク色をしたいくつかの麦粒だった。どぎつい色でとてもみにくい。まさに父親の言った「てらてらとまばゆく光っている」感じだった。

三兄は何度も私に言い聞かせた。「触ったらダメだぞ！絶対触るんじゃないぞ！」

ネズミを絶滅させる薬を見て、私の気持ちはすごく複雑になってきた。ネズミ兄さんはとても賢いから、もしかしたら計略を見破って、危険を逃れることができるんじゃないかと、心の中では、こっそりと願っている。

私はしっかりとその毒入りの餌を観察し、近づいて見ることもあった。数えると二十八粒あった。また少し離れたところに散在したのが三粒あり、全部で三十一粒だ。この三十一粒のピンク色の毒麦は、簡単にネズミ兄さん一家を毒殺してしまうに決まっている。

それから三日間ずっと、この三十一粒の毒麦は、無事そこに鎮座しつづけていた。触られた痕跡はまったくない。私は心の中でこっそり喜んでいた。うちのネズミ兄さんは本当に賢い。世の中のことをよく知っているから、そんなに安易に騙されることはないだろう。この何日間、天井の上は、ずっと静かだったので、ネズミ兄さん一家はどこかへ出かけたんじゃないだろうか。

熱くなってきた。昆明湖の蓮は小さなつぼみをつけた。張姆媽は品物を片付けて南方へ帰る準備をしている。

便りによれば、父親は私のために市内国子監付近の方家胡同《ファンジアフートン》小学に入学を申し込んだそうだ。秋になって新学年が始まったら、私はその小学校の一年生になる。三兄はカバンと筆箱を買ってくれた。カバンには太陽と本の模様がプリントされている。これは三兄がわざわざ特別に選んだものだった。三兄は言った。「お前はよく朝寝坊をするけど、小学生になったら日が出てすぐ起きて、勉強をしなくちゃいけないんだからな。もうネズミのように怠けて、食っちゃ寝食っちゃ寝しちゃだめなんだぞ」

筆箱はブリキのもので、私が自分で選んだものだ。ふたには「木蘭《ムーラン》」の絵が描いてあって、この絵が長廊の絵と非常に似ているのだ。木蘭が馬を引き連れて自家の門の前に立ち、年を取った両親に別れの挨拶をしている絵だ。絵の中には樹も山も藁ぶきの小屋もあって、それに人も描かれているから、これを見ればすぐ頤和園のことを思い出せる。

ある日、三兄とお父さんが私のことを相談しているのを聞いた。三兄は「ヤーヤーは三年生から勉強させれば良い。頤和園で漢字・成語・典故をたくさん覚えていて、算数もけっこうできているから、一年生から勉強させるのはもったいない」と言ったが、お父さんは賛成しなかった。「子供の勉強は土台をしっかり固めることが何よりも大事だ。ヤーヤーは賢いと言っても小賢しいに過ぎない。それにお調子ものだ。やはりきっちりと注音符号から勉強させなければならない。頤和園ではあまりにも自由気ままだったから、急に規則に沿った生活だと適応できないかもしれない」

何年生から勉強するかに関しては、私はまったくどういうことなのかわからないが、どのみち市内に帰ることができて、両親の傍に帰ることができるのだから、それは何よりだ。頤和園にいるのはもう飽きてしまった。

空気がよどんでうっとうしい。おそらくまもなく大雨が降ってくるだろう。むんむんしている中、張姆媽は廊下に掛けて、ひっきりなしに団扇をぱたぱたと煽いでいる。南方へ帰る荷物はすでに片づけていて、明日の朝の出発を待つだけだ。三兄は「こんな天気の日には、荷葉粥を食べるしかない」と言って、私に午後湖畔へ行って蓮の葉を取ってくるよう言いつけた。荷葉粥は私の好物だ。事前に何本かの割れ目を入れた蓮の葉で、煮えた米粥を覆っておくのだ。そうすると粥が冷たくなる頃には蓮の葉の爽やかな香りが粥にしみ込んでいる。そこで蓮の葉を取り去って、砂糖を入れて出来上がり。爽やかで甘くて美味しい、どんなものにも替えられない絶品だ。

荷葉粥に使う蓮の葉を取ってくることは、普通私の仕事だ。知春亭の蓮の葉は、取ってはいけない。諧趣園のも取ってはいけない。その二か所の蓮の葉は最も味が良いが、あれは人工栽培のもので、大切に育てられ、守っている人がいる。牡丹台にある貴重品種の牡丹と同じように、採るどころか、絶対に触ってはいけないのだ。公園で蓮の葉を採ることは花を採ることと同じく恥ずかしいことで、面目を潰すことだ。

堂々と蓮の葉を採れるところは二か所ある。一つは昆明湖東囲いの外、もう一つは西堤の西にある蓮の池。梅子さんも一緒に行きたいと言っていた。それはいいことだ。ついでにカメ００５をもお散歩に連れていく。

行く道は、後湖に沿って西堤へ向かう道を選んだ。この道は観光客が少ない上に、涼しいからだ。カメ００５は私に引っ張られ、甲羅を地面にぶつけて、ずるずると音を響かせた。四大部洲を通る時、カメ００５は騒ぎ出した。何回か牛の筋から抜け出し、逃げようとした。

私は亀の硬い甲を踏んで、しっかりと縛り付けた。梅子さんはこの様子を見て笑いながら言った。

「カメを放牧するヤーヤー、絵になるね」

石舫を通過して、界湖橋に上がって見渡す。ため池、菖蒲、クワの木、ヤナギ、水中に底の腐ってしまった舟、岸に品物が乱雑に詰め込んだ藁ぶきの小屋……まるで田舎の風景だ。隣の皇室庭園とはまったく違う。頤和園を作った時に、ここの設計を忘れてしまったんじゃないだろうか。休日や花見の時以外、ここにくる観光客は極めて少ない。私だってこんな辺鄙なところには来ない。梅子さんは言った。「この辺りは私の故郷にそっくり。今は小河でエビをとるのに一番いい季節ね」そしてクワの木を指した。「クワの葉っぱももう固くなっちゃったわ。これじゃ蚕に食べさせられないね」

私は遊び半分で蚕を飼ったことがある。町の露店で蚕の卵を買ってきて、卵が黒い蟻のような、うごめく小さな虫になったら、クワの葉っぱを与え始める。蚕が四五センチになるまで、クワの葉っぱを与え続け、中断してはいけない。しばらくすると、蚕の体は透明に近くなる。頭を上げて、揺れ動き、何も食べなくなると、もう糸を吐いて繭を作る時期だ。蚕を竹枝に置くと、蚕は自分で糸を吐いて作った繭の中にこもる。蚕を逆さまにしたカップの底に置くと、蚕が吐いた糸は丸いものになる。この丸いものを墨壷の中にいれ、使い残しの墨汁を入れると続けて使うことができる。しばらくしても乾かないのだ。蚕の繭を放置しておけば、蚕は蛾となって、繭の殻を噛み破って出てくる。二匹の蛾が交尾し、一匹が産卵する。蚕の卵は白紙の上に産み落とされ、次の年にはそれが孵って小さな蚕になる。この過程はとても面白かった。

梅子さんは興味津々に、私の蚕飼養の話を聞いて、尋ねた。

「どれくらいの蚕を飼っていたの?」

「六匹か七匹。最初はもっと多くて、何十匹も、もしかすると百匹くらいいたかもしれないけど、次々死んで、また次々と死んじゃって……」

「私のうちは蚕をどれくらい飼っていると思う?」

「きっと私より多いよね?」

「うちは部屋七つで、何百もの蚕箔が、百以上の蚕架に並んでるわ。それくらい蚕を飼ってる。繭を集めたらすぐに買い上げるところへ送らなくちゃいけないの。手遅れになったら、蚕のさなぎが繭の殻を噛み破ってしまうから。そしたら売れなくなっちゃう」

「どうして?」

「糸が噛まれて切れてしまったら、繰ることができなくなるからよ」

これを聞いて私はぜひ梅子さんの家へ蚕を見に行きたいと言った。

「是非来て。いつでもいいよ。うちは一年に何度も蚕を飼養するの。夏蚕、秋蚕、って風に、ほとんど途切れずにね」

私は梅子さんの故郷の蚕に憧れるようになった。彼女たちと一緒に南方へ行かせてくれないか、お父さんにお願いしようとすら思っていた……

東の水面からドスンという大きな音がしたかと思うと、続けてごぼごぼ怪しい音がした。私と梅子さんは同時にその方向を見て驚いた。水面に人の髪の毛が漂っていて、その髪が水面に出たり沈んだりしている。人の頭だ！水中におぼれている人がいるんだ！

その人は水の中でおぼれていて死にそうになっていた。もがく気力もなく、顔色は紫色に変わっている。岸辺の小船に彼の衣服が置いてあった。昆明湖の東岸から小船を漕いでここまで来て、湖に入って泳ごうとしたのだろう。小船は岸に接しているから、まだそれほど泳いでない。小舟はすぐそこにあるのに、彼はなぜか舟によじ登ることができないようだった。

「溺れ死んじゃったんだ！」

私は驚いて声を上げ、梅子さんの後に身を隠した。

頤和園にはもう何年も住んでいたが、このようなことははじめてだ。以前三兄から聞いたことがある。西堤付近の水面は人を迷わせる魔力があるのだそうだ。ここの湖水は透き通っていて、水面下の草も、草の揺れ動いている様子も、自由に泳いでいったり来たりしている小魚も見えるから、そんなに深くないと皆思っているが、ここで泳ごうとすると、細くて長い水草に巻きつかれて動けなくなるおそれがある。下手すると命を取られるかもしれないのだ。

梅子さんは私より冷静沈着だった。急いで岸に近づき、男の人に向かって大きな声で叫んだ。

湖の中の男性は、おそらく私たちを見つけたのだろう、必死に目を開いた。私は彼の両目をはっきり見た。その目付きは私が生涯忘れられないものになった。出血しそうなほど、両目が真っ赤だった。

「まだ生きてる！はやく誰か呼んできて！」

私は一生懸命叫んだ。

「助けて！溺れてる人がいるの！死んじゃう！助けて！」

広々とした西堤の付近には誰もいない。風すらない。驚いたイナゴが跳んできて、黄色い花に止まった。

梅子さんは私に言った。

「石舫に行って人を呼んできて。園内の人でも観光客でもいいわ」

私が何歩か走り出すと、梅子さんはまた私を呼び戻した。

「船、漕げる？」

「漕げない。でも、三兄が漕いでいたのを見たことがある」

「あの人はあまり持ちこたえられなさそう。誰かを呼びにいってるんじゃ、間に合わない！」

梅子さんは言いながら、カメ００５の前足から牛の筋を外して小舟に飛び乗り、私も舟に乗せた。そして小舟を漕いで溺れる男の人の近くまでやってきて、漕ぐ手を止めた。

「もうちょっと、あと少しで着く」と私は言ったが、梅子さんはやはり漕がないまま、私に命じた。「牛の筋をあの人に投げて！」

私は何回か投げつけたが、全然届かなかった。一回だけ男性の顔あたりに届いたが、やはりダメだった。男性の手は少しの力もなかった。もう意識が朦朧としてしまっているのだろう。

梅子さんは大きな声で叫んだ。「掴んで！掴んだら助けられる！」

梅子さんはつい慌てて南方方言で言った。何を言っているのかわからなかったけれど、この時私は、完全に理解できた。溺れる人もわかっていたのだろう、必死に頭と片手を水面に出した。その手は長く水に漬かっていて、すっかりふやけてしまっていた。梅子さんは私の手から牛の筋を取り、一端を投げつけたけれど、彼は掴めなかった。また投げつける。三回目に投げた時、男性はそれをようやくしっかりとつかみ握りしめた。もう放さない。梅子さんは牛の筋のもう一端をしっかり握り、舟を岸に向かって漕ぐよう私にいいつけた。

小舟の船べりには鉄の環が固定されていた。木のオールをこの環に通し、水をかいて舟を進めることができるのだ。三兄がそんなふうに舟を漕いでいるのを見たことがあったので、私も三兄のようにしたがだめだった。私は体が小さく、片手でオールを握ることができないし、かといって両手で握って漕ぐと舟は元ところで回るだけで進まない。梅子さんは牛の筋の一端の輪——本来弓に嵌めるところで、カメ005の足に嵌められたもの——を私の指に嵌めた。「ありったけの力を出しなさい！しっかり握って！放さないで！絶対放したらダメよ！指が折れない限り」

梅子さんは漕ぎ始めた。さすがに南方で育った人だ、小舟は機敏に岸に向かって動き始めた。小舟の力で溺れた人の顔が半分水面に出てきた。その後のことは私には予想できなかった。梅子さんがいくら力を出して漕いでも、小舟はびくともしなくなってしまったのだ。なるほど、男性は水草に巻きつかれていたのだ。彼も我々の小舟も、どっちも動けなくなった。男性は死にもの狂いで牛の筋を握りしめ、私も手放すことができないでいる。梅子さんがどんなに漕いでも、小舟は岸に着けない。

梅子さんは言った。「助けを呼んで！」

それで私はまだ叫んだ。「助けて！助けて！」

玉帯橋から二人やってきた。私は一目でわかった。その中の一人は牡丹台で牡丹の枝を切っていた「龍王様」だ。「龍王様」はこの様子を見て、どういうことかすぐに理解したようだった。もう一人の人と二人で、おぼれた人と小舟を何とか岸につけさせた。男性はたくさん水を飲んでしまって、腹を大きくふくらませて芝生で横になっていた。両目はずっと閉じたままで、入棺前の李さんとおなじようだった。李さんと違うのは、口元から水が外にこぼれ続けているという一点だけだ。「龍王様」は一緒に来た同僚に「むせたら助けられないから、はやく誰かを呼んできてくれ」と言いながら、梅子さんと溺れた人をひっくり返し、石の上に腹這いにさせて、水を吐かせた。男性は、最初両目を閉じたまま、死んだようにぐったりしていたが、「龍王様」が彼のお腹を繰り返して押すと、水を吐きだし始めた。たくさん吐き出したが、男性はやはり腹ばいで横たわったまま、ちっとも動かない。

私は「龍王様」に「死んでる？」と聞いた。

「龍王様」は私をちらっと見て言った。「またお前か」

「私がいなかったら、この人は見つからなかったよ」

「龍王様」は言った。「安心しなさい。死ぬことはないよ」

「白目をむいているよ」

「それでも死ぬことはないよ。俺はむしろお前のことが心配だ。ここに来たことを、三兄は知っているのかい？」

「三兄が来させたんだよ」

「三兄め！……上司に伝えないと」

「三兄のことを上司に告げ口するの？」

「まあ、そういうことだな」

「やめて、三兄はいいお兄さんだよ」涙が目にたまり、もう少しのところでこぼれ落ちそうだった。

「この前、余分なつぼみを切ってほしいと言っただろう。まず三兄から切ってあげよう」

私は泣きだした。

梅子さんは庭師に言った。

「ヤーヤーはたいしたものですよ。もうからかわないでください。この子の心はガラスのようにもろいんだから、これ以上驚かしたら壊れてこなごなになってしまう」

「龍王様」は言った。

「俺はこの子ネズミと、深い友情でつながっているんだ。大丈夫。安心しなさい」

西から救急車が来た。これで頤和園に「北如意門」という名前の西門もあることがやっと分かった。石に腹ばいになっている人が担架に担がれ、病院に運ばれていく。その時にはもう息をすることができるようになっていた。「龍王様」は言った。「こんなところでぐずぐずしていないで、はやく帰りなさい。今度お兄さんに会ったら、子供の扱い方についてしっかりと注意してやろう。今のやり方はだめだ」

皆行ってしまった。あたかも芝居が終わったように、私と梅子さん二人だけが残された。私は尋ねた。「さっき、どうして小舟をあの人の前まで漕いで行って、直接彼を舟に引っ張ってこなかったの。どうして牛の筋を投げつけたの」

「直接舟に引っ張ろうとして、私たち二人が水に落ちてしまえば、三人とも岸に上がることができなくなってしまうわ」

「私が手を放すのことを心配しなかったの?」

「あなたは手放せない。手放すはずがないわ。さっきも言ったでしょう?手指が折れない限り、って。彼も手放すはずがない。溺れて死にそうな人はみんな、何かを掴んだら、必ずしっかり握って、死ぬまで手を放すことはないものよ。彼は自分の命が掴んだ牛の筋にあることをよくわかっていたのよ」

なんと立派な梅子さんだ!着実、慎重、冷静、沈着、南方の女の子はみんなこのように聡明かつ有能なんだろうか。この数日の梅子さんの言動で、私の「南方のお嬢様」への見方は変わった。私は思わず「梅子姉ちゃん」と呼んだ。

梅子さんは私を見て笑った。

カメ005のことを思い出して、捜したけれど、いつの間にか、どこへ行ったか全くわからなくなってしまった。きっと、牛の筋を解いた時、湖水の底へ入り込んだのだろう。梅子さんは、もう探すのをやめようと言った。「湖の中に入ったということはもう家に帰ったということよ。何よりもよい結果じゃない」

「005は私のことを恋しく思うはずだよ」

「水の中で楽しい毎日を送って、たまにヤーヤーと一緒に生活した時のことを思い出すかもしれないね。カメの長い生涯にとって、この小さな冒険はほんのわずかで、言うに足らないものに過ぎない。そのうちに、別の子供があのカメに会って、また新しい物語が生まれるかもしれないね」

「将来、私と私のカメ005は、きっとまた会える。今度カメ005と会う時、私はもう年寄りかもしれないな。スッポンは一千年、カメは一万年って言われてる。カメの中じゃ、カメ005はきっとまだ小さい方だよ」

帰り道、私は歩きながら何度も振り返り西堤の水面と草むらを見た。カメ005はきっとどこかに隠れて、遠くから私を見て、こっそりとバイバイと言っているに違いないと思ったから。

宋おじいちゃんの先祖から伝わってきた記念品——牛の筋は、頤和園で最後の歴史的使命を終えた。もう返すべきだ。

梅子さんと張姆媽は翌日帰った。やっぱり盛大に三輪自転車三台だった。お母さんも妹を抱えて、駅まで見送りに行ったそうだ。

張姆媽と梅子さんは来年また来ると言った。

ネズミ兄さん一家の消息を待っていたが、天井の上はずっと静かで、シーンとしていた。私が頤和園を離れるまで、ネズミ兄さんたちはずっと現れなかった。

八月末、三兄が私を両親のそばへ送ってくれた。私は完全に頤和園を離れた。その後、中秋節に三兄が結婚した。新婦さんは東宮門の女医さんだ。お母さんに言われた。「三兄は結婚したんだから、呼びかけるときはもう少し注意しなさい。じゃないとお行儀悪いよ」

「何と呼べば、お行儀よく見えるの？」

「お兄さん」

それから

三番目のお兄さんには子供が大勢いる。一九六〇年代に頤和園から引っ越した時、彼はもう五十前後になっていた。

北宮門外の街は、すでに取り壊されて、静かな緑地帯となった。宋おじいちゃん、宋おばあちゃん、「喜楽」料理屋の店主や、ほかの隣人はみんな引っ越していった。緑地帯の中の何本かの大きな樹はまだ残っていて、木の種類と樹齢を書いた札が打ち付けられている。昔幼い頃の私が醤油の瓶を持ってその下を通ったことは、私と大樹とが共有する記憶となった。今私はもう白髪の混じった老婦人になった。大樹から遠くないところには囲まれた建築用地がある。昔そこには酒屋、焼餅屋があったはずだ。門番をしている老人がいるが、よく見るとそれは六郎荘でパチンコを持っていた子のように思える。馴染みのない中に、以前の知人のように思えるものが混じっている。隠修庵はまだ残っているが、あの頃よりさらにひどくぼろぼろになっていて、門の前には「文化財保護」の石碑が立ててある。隠修庵の横の小山は依然草木が生い茂っている。門番のお年寄りにこのお寺のいきさつを尋ねたが、門番は「自分だけではなく、自分の父でさえもはっきり分からない」と答えた。一緒に来た若者たちにそそのかされて、野草を押しのけ、登り路を探し小山を登った。「年寄りの冷や水」とも言える衝動があふれだす。心臓がどきどきと脈打ち、息ははあはあと弾んだ。李さんが埋葬されている土饅頭がまだ残っているか見てみようと思った。案の定、あの土饅頭はもう見つからず、すべて雑草やいばらに埋もれてしまっていた。頭を挙げ、北宮門外の空を見上げると、数十年前の様子と変わっていなかった。白雲は少しも動かず紺碧の空に掛かっていた。まるでずっとそこから動いていないみたいだった。私は低い声で軽く歌った。

「昼が長く、夜が短くなったら、ネズミ兄さん寝ぼすけに……」若者たちは訳がわかからず、私を見た。私はみんなに言った。

「小さな秘密を一つ、教えるよ」

六郎荘の村は全部取り壊され、村があったところは空き地になってしまった。たぶん、新しい使い道があるんだろう。眞武廟は修繕されて見違えるようになった。村の東にある丘は、木がたくさん植えられて、鬱蒼とした森林になり、休憩の場所になっている。

頤和園の中では、四大部洲にある建築が手入れされ、瓦礫場や、壊れた煉瓦や瓦ばかりの廃墟もなくなった。修復されたチベット式の壮麗で美しいラマ廟は私にとってまったく馴染みのないもので、子供の時は想像だにしなかったものだ。玉瀾堂は元のまま、玉瀾門左側の当直室は鍵がかけられており、夜そこで当直する人がいるかどうかはわからない。仁寿殿北側、延年井の井戸口はずっと蓋が被せられていて、賑やかな観光客は、誰も龍王様が出入りする通路に気付いていないようだ。長廊の北側にある、長年閉鎖された中庭は、昔私にとって非常に神秘的なところだったが、今は無料で入れるところになって、いろいろな展覧が催されている……私の頤和園はもう記憶の中で確固とした形になっているけれど、今の子供たちにも自分の頤和園があるのだろう。

老多と別れたあと、彼とは音信不通となった。伝え聞くところによると、やはり建築関係の仕事をしているそうだ。よく屋根の上の小獣を扱っているのだろう。梅子さんは出版社の編集者になったそうだ。今はさらに頤和園長廊以外の物語も人々に伝えていることだろう。

皆さんがこれから頤和園へ行けば、もしかしたら、私を見かけることがあるかもしれない。カメを引いてぶらぶらしている女の子に……

著者紹介

葉広芩（Ye Guangqin）北京生まれ。満州族。中国国家一級作家。主な作品は、長編小説『采桑子』、『全家福』、『青木川』、『状元媒』など、長編ノンフィクション文学『没有日記的羅敷河』、『琢玉記』、『老県城』など、その他に中・短編小説集など。第 2 回魯迅文学賞、少数民族文学駿馬賞、中国少年児童文学賞、中国女性文学賞などを受賞。

頤和園のネズミ兄さん（原題『耗子大爺起晩了』）

2025 年 3 月 20 日　初版第 1 刷発行

著　　者　葉広芩
訳　　者　顧令儀 稲垣智恵
発 行 者　劉偉
発 行 所　グローバル科学文化出版株式会社
〒 160-0023 東京都新宿区西新宿三丁目 3 番 13 号西新宿水間ビル 6 階
印 刷・製 本　モリモト印刷株式会社

ISBN 978-4-86516-075-8　　C0097
定価 3278 円（本体 2980 円＋税 10%）

本書は『耗子大爺起晩了』（葉廣芩著、北京、北京少年児童出版社、2018 年）を訳したもので、北京少年児童出版社の許可を得て刊行するものである。